앤티크 숍 더 문

흉산의 주인

앤티크 숍 더 문
ANTIQUE SHOP THE MOON
흉산의 주인

선우 지음

달꽃

목차

프롤로그	6
서낭목	9
용골	71

■ 프롤로그

 시끌벅적 대학로 뒷길. 사람 많은 길 위에서 조금 안쪽 골목길로 하얀 문이 보인다. 고풍스러운 앤티크 숍으로 보이는데, 여러 종류의 장식품, 장신구들이 조명 빛을 받아 반짝이지만, 살짝 먼지가 쌓인 것이 장사가 잘 되지는 않는 듯하다.
 그 뒤, 테이블에 앉아 커피를 마시고 있는 30대 중반의 한 여성. 평범한 얼굴. 예쁘지도 못나지도 않은 평범한 얼굴이지만 건강해 보인다. 이 가게의 사장으로 보인다. 같은 테이블에는 대학생으로 보이는 20대 초반의 남자와 여자가 담소를 나누며 웃고 있다.
 '딸랑'하는 소리와 문이 열리며 대여섯 살쯤으로 보이는 까까머리 동자승이 뛰어 들어온다.

"곧 손님 오십니다!"
"오냐, 알았다."

사장은 자리에서 일어나 카운터 뒤쪽으로 들어가 작은 쪽문을 열었다.

특이한 구조다. 쪽문 안쪽으로 작은 마당. 그 마당을 가로질러 옛날 시골집 같은, 신발을 벗고 올라가는 툇마루가 있고 하나의 문은 2미터가 훨씬 넘어 보이는 커다란 여닫이문. 그 옆으로 고개를 숙이고 들어가야 할 정도로 작고 낮은 미닫이문. 아니. 애초에 밖에서 앤티크 숍처럼 보이는 곳 안쪽에 이런 허름한 한옥이 있다고? 누가 봐도 폐가. 아니 흉가다.
쪽문을 활짝 열고 문 앞으로 발걸음을 옮긴다.

딸랑.

가게 문이 열리며 손님이 들어온다.

"어서 오세요. 기다리고 있었습니다."

서낭목

1.

"헉!!"

 진석이 침대에서 떨어지며 앓는 소리를 내자 옆에서 자고 있던 효은도 덩달아 '헉'하는 작은 숨을 토하며 몸을 일으켰다.
 옆에서 자고 있던 남편의 모습이 보이지 않았다. 오늘도 또 꿈을 꾸었나 보다. 이 양반도 참. 다 늙어 키가 크려고 그러나.

 "어휴…, 도대체 며칠째에요. 당신 괜찮아요? 어디 다친 데는 없어요?"

 침대 밑으로 떨어진 자세 그대로 있던 진석은 끙끙대며 천천히 몸을 돌렸다. 천천히 몸의 이곳저곳을 움직여 봤다. 다행히 다친 곳은 없는 듯했다.

 "어휴……. 나 괜찮아."

서낭목

진석은 얼마 전, 처음 꿈을 꾸고 발버둥 치다 떨어졌었다. 그때, 허리에 담이 와서 며칠을 고생했었다.

그 후, 며칠 간격으로 꾸는 꿈으로 인해, 이제는 나름 요령이 생겼다. 일단 몸이 부드럽게 풀릴 때까지 기다렸다.

잠시 후, 진석은 팔을 들어 침대 모퉁이를 잡고 일어나려다 다시 바닥에 누워 버렸다.

"?"

효은이 다시 눕는 진석을 '왜 저러나' 하는 얼굴로 바라보자, 진석이 손을 휙휙 저어 손에 잡힌 베개를 끌어 내렸다.

"나 그냥 바닥에서 잘래. 화장실 갈 때 나 밟지 않게 조심해."
"차라리 그게 낫겠네. 이불은?"
"괜찮아. 잠 달아나기 전에 얼른 잡시다."
"그래요. 나 물 좀 마시고 올 테니 얼른 자요."

효은은 부엌에서 물을 한 잔 마신 후 불을 껐다. 다시 안방으로 들어가려던 효은의 눈에 강아지 재롱이가 보이지 않았다. 늘 안방 문 옆 동굴집에서 잠을 자는 재롱이다.

'어디 갔지?'

효은이나 진석이 나오면 자다가도 꼬리를 흔들며 찰싹 붙어 있어 다시 집 안에 넣어 줘야 잠을 자는 녀석인데. 효은은 작게 재롱이의 이름을 부르며 거실로 향했다.

'집에서 없어져 봤자지. 후후. 귀여워라.'

거실 베란다 유리문 창 앞에서, 꼬리를 흔들고 있는 재롱이가 보였다. 아끼는 공까지 물고 와 놀고 있었다. 후후 웃으며 효은은 다시 방으로 들어갔다.
재롱이는 산책 시간이 모자랐거나 잠이 안 오면 혼자 밤에 놀기 때문에, 효은은 조용히 방으로 돌아왔다. 바닥에서 자고 있는 진석의 배에 얇은 담요를 덮어주고는, 다시 침대로 올라가 잠을 청했다. 그러나 잠시 뒤, 효은은 감았던 눈을 번쩍 떴다.

'재롱이가 왜 베란다 밖을 보며 꼬리를 흔들고 있었던 거지? 공은 뭐고? 누가 던져준다고?'

* * *

덜컹덜컹! 덜거덕!

"아이고! 이게 뭔 일이여!!"

덜거덕 덜거덕 소리를 내며 미닫이 유리문이 부서질 듯 흔들렸다. 분이댁은 꿈인지 생시인지 모를 이 상황에 어안이 벙벙했다. 요즘 들어 꿈자리가 뒤숭숭했다. 방금 꾼 꿈에는 죽은 바깥양반까지 흉한 몰골로 나와, 분이댁을 향해 소리 질렀다.

- 진석 엄마!! 얼른 일어나 얼른!! 그놈한테 잡히면 다 죽어!! 얼른 일어나 얼른!! 나 좀 살려줘!

누구에게 쥐어뜯긴 듯 흰 한복이 넝마가 되어, 분이댁을 향해 고래고래 소리를 지르는 남편의 모습. 마치 남편이 귀 옆에서 바로 소리를 지르는 것 같은 생생함에, 분이댁은 소리를 지르며 잠에서 깼다.

놀란 가슴을 부여잡고 있는데 덜거덕거리는 소리가 났다. 이질적인 소리가 나는 쪽으로 고개를 돌리니, 문짝이 떨어져 나갈 듯 흔들리고 있는 것이 아닌가.

"태풍이 부는 건가? 어제 뉴스에 오늘 태풍 소식이 있었나?"

분이댁은 덜컹거리며 흔들리고 있는 문을 잠이 덜 깬 눈으로 멍하게 쳐다봤다. 그리고 퍼뜩 정신이 돌아왔다.

'아니여. 이건 절대 바람이 아니여! 이건 사람이 잡고 흔드는 거여.'

조용한 집 안에서 미닫이문만이 요란스럽게 좌우로 흔들리고 있다. 혹시 도둑이 들었나? 훔쳐갈 것이라고는 광에 넣어둔 쌀자루와 내년 봄에 파종할 종자들 뿐인데…, 도대체 이 시골에 무얼 훔쳐가겠다고 밤손님이 든단 말인가…….

'사람이 너무 놀라면 얼이 빠진다고 하더니… 내가 딱 그 짝이구먼…….'

한밤중 생긴 갑작스런 난리 통에 분이댁의 머릿속에는 아들 진석밖에 떠오르지 않았다. 두리번거리니 이불 아래 발 언저리, 충전기에 꽂아 둔 핸드폰이 보였다.

'얼른…, 우리 아들에게 전화를!'

덜컹!

"아악!"

새하얗게 변한 머릿속에서 112같은 긴급전화 번호는 자취를 감춘 지 오래였다. 동네에서 여장부라고 일컬어지는 분이댁이지만, 이 순간에는 오로지 내 가족, 내 핏줄만 생각나는 힘없는 노인일 뿐이었다.

덜덜 떨리는 몸에 힘을 주고, 엉금엉금 기어 핸드폰을 손에 쥐었다.

덜컹덜컹!

소리가 더욱 빨라지며 요란하게 문이 흔들렸다. 문고리에 꽂아 놓은 숟가락이 덜덜거리며 빠질 듯이 흔들거렸다. 시골집 특유의, 분이댁 나름의 문단속은 아무래도 오늘 분이댁을 지켜주지 못할 것 같았다. 덜덜 떨리는 손으로 단축번호 1번을 누르자 반대편에서 밝은 여성의 목소리가 나왔다.

- 지금 거신 전화는 없는 번호……
"무슨 소리여! 없는 번호라니!"

 파랗게 질린 분이댁의 손에서 핸드폰이 떨어졌다. 그 순간. 흔들리던 문이 갑자기 멈췄다.

 달캉.

 분이댁이 고개를 돌려 문을 쳐다봤다. 숟가락이 꽂힌 상태 그대로 문고리가 떨어져 대롱대롱 겨우 매달려 있었다.

 끼리릭…….

 꿀꺽하고 분이댁이 침을 삼켰다. 미닫이문이 서서히 열리고 있었다. 바깥의 어둠과 섞여 들어오는 것이 무엇인지 알 수 없었다. 어둠에 섞인 흰 색. 그것을 인지한 순간.

"헉!"

 천천히 열리는 문 사이를 비집고 들어오는 흰 갓을 쓴 머리통을 보며 분이댁은 외마디 비명을 지르고 정신을 잃었다.

2.

"얼마 전부터 꿈자리가 뒤숭숭하다 했더니 이러려고 그랬나 보네."

꿈자리라니. 진석은 평소라면 우스갯소리라고 넘길만한 말을 스스로 내뱉고 있는 줄도 몰랐다.

"갑자기 이게 무슨 일이야."

잔뜩 찌푸린 얼굴로 운전대를 잡고는 연신 한숨 섞인 넋두리를 해대는 진석을, 효은이 걱정스럽게 쳐다보았다.

"며칠 전에 통화할 적에도 목소리가 좋아 보이셨는데……. 작년 건강검진 결과가 괜찮아서 우리가 너무 무신경했었나 봐요. 별일 없을 거예요. 일단 운전에 집중해요. 피곤하면 휴게소에 쉬었다 가요. 이럴 때일수록 안전하게 가는 걸 최우선으로 생각해야 해요."

"알고 있어. 당신도 전화 받고 많이 놀랐겠네. 당신이라도 눈 좀 붙이던가."
"애들한테는 아직 말 못 했어요. 정신이 없어서…"
"어차피 12시나 되어야 들어올 테니 병원 도착하면 전화하지 뭐. 그나저나 어머니… 갑자기 쓰러지시다니 원. 답답해 죽겠네……."

 운전대를 쥔 진석의 손에 힘이 들어가는 것을 보며 효은은 작게 한숨을 쉬었다. 그리고 진석의 팔목에 손을 올린 후, 꾹꾹 누르기 시작했다. 운전할 때 잠이 오지 말라고 늘 하던 효은의 버릇이었다. 아내의 온기가 닿자 조금씩 마음이 안정되어 가는 것을 느끼며, 진석은 네비게이션을 체크하며 운전에 집중했다.

"오늘따라 국도로 안내하네."

 이제야 깨달은 듯 진석이 무심코 말을 내뱉었다. 아무 생각 없이 네비게이션의 안내대로 길을 달리던 중이었다.

"집이 아니고 병원을 입력해서 그런가 보네. 병원은 이 길이 더 빠른가 보네요. 초행길이니까 더 조심해서 가야겠어요."

효은이 대꾸를 하고는 창문 밖으로 고개를 돌렸다. 군데군데 스쳐 지나가는 시골집들을 바라보았다.

지지직…지지직…….

갑자기 듣고 있던 라디오 소리가 끊기기 시작했다. 효은은 버튼을 눌러 주파수를 맞추기 시작했다.

"지역이 바뀌면서 주파수가 바뀌었나?"

효은은 지지직거리는 라디오를 그냥 꺼버렸다. 마음이 심란해서 어차피 귀에 들어오지도 않았다. 시계를 보니 어느덧 오전 11시가 넘었다. 아이들 학교를 보내놓자마자 어머님 옆 집 파주댁 의 전화를 받았다. 분이댁은 매일 파주댁 집에서 함께 밥을 먹는데, 오늘따라 밥이 식을 때까지 오지를 않아 분이댁 집으로 가봤다고 했다. 그리고 방안에 엎어져 정신을 잃은 분이댁을 발견해 병원으로 이송했다고 했다.

'혹시 뇌에 문제가 생긴 것은 아니겠지?'

시아버지가 뇌출혈로 왼쪽으로 마비가 와서 가족들이 고생하던 것이 생각났다. 돌아가실 때 고생 많았다며 어눌한 발음으로 어머님 손을 잡고 눈을 감으신 것이 벌써 2년이 넘어간다.

"어머님은 그 고생하시면 안 되는데……."
"그러게. 아버지 편찮으시면서 별 고생을 다 하셨는데."

진석과 효은이 한숨을 쉬었다.
진석의 목소리에서 피곤함이 베어 나왔다. 오늘 새벽, 꿈에 시달려 제대로 못 잤으니 피곤할 것이다.

"여보, 잠도 깰 겸 요즘 무슨 꿈 꾸나 이야기나 좀 해봐요. 대체 무슨 꿈을 꾸기에 침대에서 떨어질 정도예요? 누가 보면 키 크는 꿈 꾼다고 하겠네. 물어봐도 말도 안 해주고. 궁금해요."
"허허, 내가 꿈 같은 것 안 믿는 거 뻔히 알면서. 이 나이에 꿈꾸고 방바닥으로 떨어졌다고 하면 다들 실없는 놈이라고 할 테니 어디서 그런 말 꺼내지도 마. 애들한테도! 허허."
"알았어요, 어디 가서 말 안 할 테니 나한테만 말해줘요. 궁금해! 얼른요. 잠도 깨고 좋네!"

진석은 허허 웃다가 사뭇 진지한 얼굴로 말을 꺼냈다.

"시작은 말이지……."

* * *

처음 꿈을 꾼 것은 두 달 전부터였다. 파란 하늘 아래 녹색의 청보리가 바람에 흔들리는 풍경을, 진석은 넋을 놓고 바라보았다. 평온한 풍경. 요즘 어린이들은 하늘을 회색으로 칠한다는 우스갯소리가 떠올랐다. 진석은 시원한 바람을 맞으며 고요하지만 평화로운, 바람에 따라 흔들리는 청보리 길을 따라 한없이 걸었다. 시간이 멈춘 듯한, 너무나 포근한 느낌에 걷고 또 걸었다.

얼마나 걸었을까? 저쪽 언덕배기로 작은 기와집이 보였다. 기와집의 문을 열고 들어가니 굴뚝에서 구름 같은 몽글몽글한 연기가 솟아오르고 있다. 아마 밥이라도 짓고 있는 것이리라. 부엌으로 가 문을 여니 예상대로 무쇠 가마솥이 맛난 밥 냄새를 풍기며 바글바글 소리를 내고 있었다.

탕. 탕.

집 뒤편에서 익숙한 소리가 들린다. 이 소리는.

"아버지!!"

진석은 부엌에서 나와 집 뒤로 달려갔다. 익숙한 등이 보인다. 아버지다. 어릴 적, 늘 봐오던 아버지의 등이다. 장작을 패던 아버지 성철은 뒤를 돌아 아들 진석을 알아보고 웃음 지었다.

"아버지! 아버지!"

돌아가신 후 꿈에서도 보지 못한 아버지다. 진석은 성철에게 달려가 품에 안겼다. 어린 진석의 작은 머리통을 손으로 훑고는 성철은 허허 하고 웃었다.

"우리 아들 많이 보고 싶었는데 이제야 보네. 애비가 밥 차려줄 테니 가자."

'읏차' 하고 진석을 등뒤로 돌려 업었다.

집으로 들어간 성철은 부엌으로 들어가 하얀 쌀밥에 맛난 김치, 물을 떠왔다. 어머니가 부재중일 때 아버지와 물에 밥을 말아 김치와 먹었었다. 별 볼 일 없는 밥상이지만 성철과 진석 부자간의 별미였다.

"아버지 보고 싶었어요."
"애비가 늘 우리 아들 지켜보고 있었제. 허허. 얼른 밥 먹어라."

진석은 아버지가 손으로 쭉 찢어주는 김치를 얹어 물에 말은 밥을 복스럽게 먹었다. 그 모습을 바라보던 성철이 입을 열었다.

"진석아, 애비 말 잘 들어라. 너 선산에……."

성철이 말을 하던 중간에 잠에서 깼다.

'아버지가 무슨 말씀을 하시려던 거지?'

그러나 의문은 잠이 깨며 기억의 뒤편으로 사라졌다. 어쨌거나 아주 기분 좋은, 아주 그리운 느낌의 꿈이었다. 처음 꿈은 그렇게 시작되었다. 그 후 한두 번 더 꾼 꿈에서, 젊은 아버지와 어린 아들은 그리운 시간을 함께 보냈다. 꿈은 늘 성철이 진석에게 무언가를 말하려던 중간에 끊겼다. 상관없었다. 그런 좋은 꿈이라면 매일 꿔도 좋겠다고 생각했다. 그런데… 어느 날부터 문제가 생기기 시작했다. 물론 꿈속에서…….

그 날의 꿈도 시작은 같았다. 포근한 느낌에 감싸여 푸른 하늘 아래 청보리밭을 가로질러 한옥으로 들어갔다. 여전히 성철이 진석을 기다리고 부자가 함께 밥을 지어 먹는다. 성철이 무언가를 말하려고 할 때 꿈이 깨고…….

꿈에서 깨야 하는데?

이전 꿈들과 달랐다. 성철이 매서운 눈빛으로 닫혀 있는 대문을 노려봤다. 덩달아 진석도 대문을 쳐다봤다. 그리고 진석은 불쾌감을 느끼기 시작했다.

"뭐지… 이 냄새는?"

처음 맡아보는 냄새. 어디선가 시궁창 냄새가 스멀스멀 올라온다. 온화한 공기의 흐름이 바뀌고 있다. 하늘이 먹구름이 낀다. 어둡다. 그 순간.

쿵!

성철이 진석을 툇마루 아래로 떠밀었다.

"도망쳐!! 진석아!!"

이것이 처음으로 침대에서 떨어진 날의 꿈 내용이다. 그리고 다음 꿈부터는 평화로운 시골의 모습이 아니었다. 다 죽어 싯누래진 청보리밭을 가로질러 아버지의 집으로 뛰어갔다. 집에 가까워질수록 시궁창 냄새가 심해졌다.

콧속을 톡 쏘는 냄새. 생전 처음 맡은 고약한 냄새. 흉가처럼 변한 집 대문을 벌컥 열고 들어가면 아버지가 보였다. 누군가에게 맞아 얼굴이 통통 붓고 옷이 넝마가 되어 마당에 쓰러져 있었다. 비록 꿈속의 아버지인 것을 알고 있지만 진석의 가슴은 터질 것 같았다.

"아버지!!"

진석은 마당 한복판에 쓰러져 있는 성철을 안아 일으켰다. 성철이 겨우 눈을 떠서 피투성이가 된 손을 들어 진석의 어깨를 잡았다.

"아들. 얼른 도망쳐라. 얼른!! 그놈이 너까지 잡아먹을 게 분명해!"

힘겹게 말을 잇는 성철의 몸에서 냄새가 나기 시작했다. 콧속이 마비될 것 같았다. 냄새에 구역질이 나서 아버지를 바닥에 눕힌 후, 몸을 돌려 토악질을 해댔다.

"웩. 우욱, 욱."

그 순간, 성철이 꿇어앉아 있는 진석의 몸을 밀치며 "내 아들은 안 된다!!" 하고 소리를 질렀다. 이렇게 꿈에서, 갑자기 밀쳐진 진석이 침대에서 떨어지며 꿈에서 깨던 것이다. 같은 내용의 꿈을 벌써 다섯 번이나 꿨다. 아버지에게 무슨 일이 일어난 것인지 알아내기 위해, 꿈이 시작되면 필사적으로 집을 향해 뛰었다. 하지만 늘 한 발 늦어 피투성이가 되어 쓰러져 있는 아버지만을 무력하게 보는 것이었다.

그런데 여섯 번째 쯤 이었을까…, 꿈의 내용이 달

라지기 시작했다. 진석이 드디어 더 빨리 집에 도착했던 것이다.

"아버지!!"
"어이쿠, 놀래라! 왜 갑자기 소리를 지르고 그러는 게야?"

툇마루에 앉아 있던 성철이 깜짝 놀라며 말을 이어갔다.

"아들, 무슨 일 생긴 게냐? 왜 이리 땀을 흘려?"

가까이 다가온 성철이 하얀 한복의 옷소매를 잡아당겨, 어린 진석의 이마를 쓱 닦아 주었다.

'오늘은 아버지를 지킬 수 있다!'

진석은 두리번거리며 무기로 쓸 만한 것을 찾기 시작했다. 마당 텃밭 경계석으로 박혀 있던 돌멩이를 주워 들고, 성철을 안방으로 밀어 넣었다.

"진석아!"

무슨 일이냐고 아우성치는 성철을 창호지 발린 문 하나로 보호하며, 어린 진석은 돌을 쥔 손에 힘을 주었다. 저 멀리 먹구름이 꾸물꾸물 몰려오기 시작하며 동시에 스물스물 냄새가 나기 시작했다.

시작되었다. 덜컹덜컹 대문이 흔들리더니 이내 엄청난 힘에 밀려 쾅 하는 소리와 동시에 활짝 열렸다. 문 안으로 풍겨오는 극심한 냄새. 그리고 그 냄새의 근원인 것이 분명한, 어떤 사람이 문을 넘어 마당으로 들어왔다.

"당신 뭐야?! 당장 나가! 꺼져버려!!"

진석이 마당으로 뛰쳐나갔다. 돌을 든 손을 허공에 부웅부웅 휘두르며 침입자를 향해 소리쳤다. 진석의 목소리에 반응하듯 침입자는 천천히 얼굴을 들었다.

'뭐지? 얼굴이… 없잖아…….'

얼굴 부분이 뻥 뚫려 있는데 무언가 더러운 액체가 질질 흘러내리고 있었다. 냄새가 너무 심했다. 이런 악취를 계속 맡고 있다가는 코가 썩을 것이다. 진석이 못 참고 옷소매로 코를 막자, 그것은 갑자기 얼굴인 듯한 부분을 진석 얼굴에 들이밀었다.

"으아악!!"

마주친 뻥 뚫려 있는 얼굴 안에서 공이 미친 듯이 튕기기 시작했다. 하얀 공이라고 생각했던 것은 눈알이었다. 눈알이 구멍 안에서 미친 듯이 튕겨대고 있었다. 그러다 한순간 눈알이 멈췄고 멈춘 방향은 아버지 성철이 있는 방 쪽이었다.

- 찾았다.

말과 동시에 무서운 속도로 방문 앞으로 뛰어가는 침입자를 진석이 온 힘을 다해 붙잡았다. 진석과 침입자가 함께 마루 위로 쓰러졌다.

"잡았, 헉!"

침입자의 구멍 뚫린 머리가 목에서 떨어져 나와 마루를 데굴거리더니, 공중으로 날아올라 장지문을 향해 돌진했다.

쿵! 쿵! 쿵!

날아간 머리가 닫힌 장지문에 달라붙어, 쿵쿵 소리가 날 정도로 박아대기 시작했다. 진석의 몸 아래 깔린 몸뚱이는 역한 냄새를 풍기며, 마치 문을 잡아당기려는 듯 팔을 들어 허공을 헤집었다.

"아버지 도망가세요!! 아버지!!아부, 웁웁!!"

소리를 지르는 진석의 입으로 벌레가 '기어들듯' 침입자의 손가락들이 들어왔다. 목구멍을 헤집는 손가락에 숨이 막혀왔다. 몸뚱이가 진석을 제압하는 동안, 머리통을 문에 박던 동작을 멈췄다.

머리통은 제자리에서 허공을 한 바퀴 빙그르르 돈 후, 둥실거리며 문고리가 있는 아래로 내려왔다. 얼굴 구멍에서 돌아다니던 눈알이 스윽 사라지더니, 피딱지가 앉은 입이 불쑥 나왔다. 입이 한껏 벌어지더니 조용히 문고리를 입에 물고, 당기기 시작했다. 괴이한 입이 천천히 문고리를 몇 번 당기던 중이었다.

안에서 "진석아 무슨 일이냐?!" 라고 다급히 묻는 성철의 목소리에, 머리통의 괴이한 입에서 기다렸다는 듯 대답이 흘러나왔다. 진석의 목소리로.

"아버지, 얼른 나오세요. 지금 도망가야 해요."

입이 막혀 마루에 엎어져 있던 진석의 눈이 커졌다. 조심스레 살짝 문이 열리는 틈을 타, 기다렸다는 듯 머리통이 안으로 날아들어 성철의 머리를 물어뜯었다. 성철이 피를 뿜으며 방안으로 끌려 들어갔다. 방안에서 들리는 성철의 비명에, 진석은 막힌 입안으로 욕을 하며 눈물을 흘렸다. 그리고 갑자기 강한 힘에 몸이 부웅 뜨더니, 대문 밖으로 날아간 후 땅에 떨어졌다.

* * *

이 순간이 요즘 '침대에서 떨어져 눈을 뜨는 때'라고 진석은 효은에게 말했다. 이 꿈이 주기적으로 반복되고 있다고. 효은은 심각한 얼굴로 진석을 바라보았다.

한참 핸드폰을 들고 있던 이나는 쌍둥이 동생 미나를 향해 고개를 저었다.

"전화 안 받으셔?"

"응. 걱정되네. 할머니는 괜찮으신 건가?"
"병원이라 통화하기 어려운 시간대라 그럴 수도 있어. 메시지 보내고 일단 좀 씻자."

동생 미나는 갈아입을 옷을 챙겨 욕실로 들어가고, 이나는 소파에 앉아 메시지를 남겼다.

- 엄마 혹시 지금 전화 못 받으세요? 먼저 잘게요. 내일부터 주말이니 저희 걱정하지 마시고 내일 연락 주세요.

엄마가 메시지를 확인하지 않는 것을 보며, 이나는 폰을 껐다.

"우리 집 막내! 우리 재롱이가 밥은 먹었나? 재롱!"

이나가 재롱이를 부르자, 베란다 유리 앞에 앉아 있던 재롱이가 쪼르륵 달려왔다. 꼬리를 흔드는 재롱이에게 손장난을 하던 이나가 무의식적으로 베란다를 쳐다본 그때. 베란다에 찰싹 붙어 눈알을 굴리며 집 안을 염탐하듯 쳐다보던 수많은 얼굴들이 모두 이나를 향해 고개를 돌렸다.

서낭목

깜박 잠이 들었다가 깬 효은은 차 조수석에 꼬깃하게 구겼던 몸을 펴려다 "으악." 하고 작게 소리 질렀다.

'한 30분 정도밖에 안 잔 것 같은데…….'

효은은 조심조심 다리를 펴고 문을 열고 나와 찬 공기를 깊숙이 들이쉬었다. 병원 위를 올려다보며 효은이 크게 하품을 했다. 무슨 일인지 자꾸 국도를 잘못 타서 너무 늦게 도착해 버렸다. 게다가 중환자실 면회 시간을 놓쳐 버렸다. 다음날 면회가 가능하다고 하여, 진석부부는 시골집에 들어가지 않고, 그냥 차에서 자기로 결정했던 것이다.

'아이고… 벌써 새벽 1시가 다 되어가네. 쌍둥이가 걱정하겠다.'

효은은 얼른 핸드폰을 켰다.

"…이게, 도대체…….."

부재중 통화 21통.
효은의 마음이 다급해졌다. 단축번호 3번을 누르

니, 통화음이 울리기 무섭게 이나가 울면서 전화를 받았다.

- 엄마! 엉엉! 왜 전화 안 받아!
"무슨 일이야? 이나야, 그만 울고! 무슨 일 있어? 미나는?"
- 엄마! 나, 미나!

동생 미나가 울고 있는 쌍둥이 언니 이나 대신 전화를 받았다.

- 엄마, 언니가 꿈꿨나 봐요. 자꾸 베란다 바깥에 사람 얼굴들이 보인데. 아무것도 없는데. 나까지 무서워지잖아요.
"이나, 꿈꾼 거니?"

"아니야! 나 지금도 보여!"라고 발악하듯 우는 이나의 목소리가 수화기 너머로 들려왔다.

"아침에 할머니 상태 보고 올라가니까. 미나야, 오늘 이나랑 같이 자. 아니면 내일 일찍 친구라도 불러서 놀고 있어. 지금 할머니 편찮으셔서 걱정인데, 애들이 참! 얼른 자!"

- 네, 엄마. 걱정 마세요. 언니랑 같이 잘게. 내일 연락주세요.

전화를 끊은 후, 효은은 한숨을 쉬었다. 대화소리에 잠에서 깬 진석이 비몽사몽한 목소리로 무슨 일이냐고 묻자, 효은이 대답했다.

"별일 아니니 그냥 자요. 이나가 뭘 잘못 봤는지, 꿈을 꿨는지 놀랐다나 봐. 같은 쌍둥이인데도 이란성이라 그런지 성격이 너무 달라. 더 자요. 나 화장실 갔다, 요 앞에 한 바퀴 돌고 올게요."

그리고 몇 시간 뒤 아침, 진석과 효은은 깨어나지 못하고 분이댁과 마찬가지로 중환자실로 옮겨졌다.

3.

구상건설 사장 홍진철은 미신을 믿었다. 건설이라는 것은 땅에 건물을 세우는 것으로, 땅을 고르기 위해 많은 것을 밀어버린다. 그것은 묘지가 될 수도, 폐건물일 수도 있다.

항간에서 말하는 마을 당산나무를 밀었는데 사고

가 끊이지 않더라……, 실제로 이런 사건들이 많았기 때문에 홍 사장은 고사나 비방에 큰 신경을 써왔다. 무엇이 되었든 인부들이 다치지 않는 것이 중요했다. 고사나 굿으로 액을 막을 수 있다면 그것이 진짜든 아니든 심리적 안정을 위해서라도 얼마든지 해왔다. 그래서 입찰에 성공한 지방의 재개발 건을 시작할 때, 늘 회사의 고사를 맡아왔던 무속인 김 선생에게 연락을 했다. 하지만 생각지 못한 답변을 받았다.

"사장님. 김 선생님이 지병으로 입원을 해서, 이번 고사는 다른 무속인에게 맡겨야 할 것 같습니다. 후보를 몇 명 추천해 주셨습니다."
"그래? 하긴. 김 선생도 그럴 나이가 되었지."

홍 사장은 윤 비서가 건넨 서류철을 한번 훑고는 책상에 올렸다.

"아, 작은집 식구들. 지금 어떤 상태인지 알아보고. 내일 오전 일정 빼놔. 병원에 가야 하니까."
"네."

윤 비서가 나가자, 홍 사장이 의자에서 일어나 책상 앞 소파로 자리를 옮겼다. 구두를 벗고 긴 소파

위로 몸을 누인 후, 팔을 위로 쭉 뻗어 스트레칭을 했다.

'일산화탄소 중독이라니. 도대체 갑자기 무슨 일인지……. 갑자기 작은어머니도 그렇고 진석이 내외도 그렇고……. 살이 꼈나?'

홍 사장이 머리를 흔들고 눈을 감았다. '살'이라니 말도 안 된다. 평범한 공무원인 사촌 동생 내외였다. 어디 가서 그런 흉한 일을 당할 사람들이 아닌 것이다. 오히려 사업 때문에 늘 적이 있는 자신이 '살을 맞으면 맞았지'라고 생각하는 홍 사장이었다.

"일단, 고사는 제대로 지내야 하는데……. 아, 그렇지!"

홍 사장은 핸드폰을 꺼내 전화를 걸었다. 짧은 통화음이 흐르고 상대방이 전화를 받았다.

- 어! 삼촌! 삼촌이 웬일로 연락을 먼저 주셨어요?

밝은 여성의 목소리가 흘러나왔다.

"어, 하정아. 부탁이 하나 있어서."
- 부탁이요? 아빠가 아니라 저한테요? 하하, 네. 말씀하세요.
"형님보다는 네가 더 잘 아는 사람이라. 그 문 사장이라는 사람. 지금 우리 고사를 맡아주던 무속인이 일이 생겨서. 다른 사람을 소개받을 바에야 네 일을 처리한 그 문 사장이 더 신뢰가 가서 다리 좀 놔다오."
- 소개는 어렵지 않은데, 문 사장님은 무속인이 아니에요. 뭐랄까… 퇴마만 전문? 뭐 그런 쪽인데…….
"그래도 일단 다리 좀 놔다오. 혹시 문 사장이 괜찮은 무속인을 소개해 줄 수도 있고. 개인적으로 물어볼 것도 있고."
- 예. 알겠어요. 제가 미리 언질해 놓을게요. 그때… 사당 부술 때, 사람들 보내주신 것도 제대로 인사 못 드렸는데. 조만간 남편이랑 찾아뵐게요.
"하하, 그래. 고맙다."

앤티크 숍. THE MOON. 문 사장은 시계를 쳐다봤다. 곧 의뢰인이 도착할 시간이다.

"역시 높은 분들은 시간을 쪼개 쓰는 건가?"

저녁 9시. 평소의 문 사장이라면 절대 손님을 받지 않을 시간이었다. 이유는 가게 문 닫는 시간이 저녁 8시 이기 때문이다. 하정의 부탁이 아니었다면 절대 없을 일이었다.

"사장님, 샌드위치 좀 드세요."

소영과 준영은 집에도 가지 않고 가게 테이블에 앉아 간식을 오물거리고 있었다. 문 사장이 인상을 쓰며 두 사람을 쳐다봤다.

"너희, 집에 안 가니? 너네 아주 여기서 살지!"

순호당이 관련되어 있던 재물 귀 사건이 끝나고 소영, 준영과 여전히 관계가 유지되고 있었다. 두 사람은 2학기가 시작되며, 도서관에서 해야 할 공부를 가게에서…… 아주 알콩달콩하게 했다.

"너희 꼴 보기 싫어서 할머님이 요즘 안 나타나시는 것 같은데? 내 말 맞지? 이소영! 이준영! 아주 그냥 이름들도 비슷한 것이, 혹시 너희 전생에 남매 아니야?"

준영이가 군대를 미루고 다시 복학했다. 처음에는 좋은 소식이라고 생각했는데, 둘의 데이트 장소가 가게가 될 줄 몰랐던 문 사장은 머리가 지끈거렸다.

"사람들, 귀들이 무서워 피하는 산도깨비 터가……. 데이트 장소인 것은 아무도 모르겠지?"
"에이. 사장님! 어차피 가게 장사도 안 되잖아요! 저희가 가게 볼 테니 사장님은 걱정 마시고 이따 손님 오시면……."

준영이 말을 다 마치기 전, 손님이 문을 열고 들어왔다. 정장을 입은 단정한 남자가 정중히 인사 후, "오늘 예약한 홍진철 사장님이십니다. 모시고 들어와도 될까요?"라고 말해왔다.

"아, 네. 모시고 들어오세요."

문 사장이 대답한 후 의자에서 일어나자, 이미 일어난 소영과 준영이 카운터 뒤, 쪽문을 열었다. 열린 문 안쪽으로 마당 저편의 작은 한옥이 보였다.

홍 사장은 툇마루에 올라서, 커다랗고 높은 여닫이문과 작고 낮은 미닫이문 중 미닫이문을 열고 고개를 숙이고 들어갔다. 문 사장이 따로 언질하지 않았음에도 실수하지 않은 것을 보니, 하정이 미리 말을 해둔 것 같았다.

"여기 앉으세요."

방석에 앉은 홍 사장의 눈에 막걸리 병들이 진열된 커다란 장식장이 보였다. 상석의 커다란 방석이 쑤욱 꺼지는 것을 보며 짐짓 놀랐지만 표정에 드러내지 않았다. 나이에 비해 큰 키, 명품 정장. 잘 빗어 넘긴 하얀 머리카락이 사업가임을 드러내는 듯했다.

"저곳에 산도깨비님께서 앉으신 건가요?"

약간 상기된 작은 목소리로 홍 사장이 문 사장에게 물었다.

"네. 이제 시작하시죠."
"아, 네."

홍 사장은 작은 집 식구들 즉, 사촌 동생 내외 홍

진석, 김효은과 작은어머니 분이댁에게 벌어진 사건들을 말했다. 문 사장이 상석에 앉아 있는 산도깨비에게 말했다.

"마치 급살 맞은 것처럼 보이는데요? 작은어머니가 처음, 하루 차이로 아들 내외. 둘 다. 전형적인 줄초상인데요?"
"그러게 말이다. 위에서 아래로 내려왔구나. 그런데 왜 갑자기 이런 일이 생긴 건지."

문 사장과 산도깨비의 대화를 바라보는 홍 사장 눈에는, 문 사장의 말소리만 들려왔다. 그중 홍 사장의 귀에 걸리는 단어가 있었다. 줄초상. 홍 사장이 의아한 듯, 눈치껏 끼어들어 문 사장에게 물었다.

"줄초상? 줄초상은 주로 묫자리에 문제가 생기면 자손에게 내려오는 것 아닙니까?"
"어? 잘 알고 계시네요. 이렇게 가족이 순서대로 가는 줄초상은 주로 조상이 일으키는 경우가 많아요. 주로 묘가 문제가 되는 경우에요. 홍 사장님 잘 아시네요?"

홍 사장이 씁쓸하게 웃으며 대답했다.

"제가 하는 일이 건설이지 않습니까. 고사나 굿 등으로 터주신을 달래는 경우를 허다하게 봐왔죠. 알음알음 들은 것도 꽤 있고요. 실제로 선산을 팔고 묘를 이장하다 줄초상이 나는 경우를 실제로 본 적도 있습니다. 하지만, 저희는 선산을 건들지 않았고, 오히려 저희 선산은 명당이라는 평이 자자한 산입니다. 게다가 서낭신도 모시고 있고요. 대대로 조상 때부터 내려오는 산입니다. 제가 아는 한, 바뀐 것이 없습니다."

홍 사장의 말을 듣고 잠시 생각을 하던 문 사장이 물었다.

"저도 묫자리 때문은 아닌 것 같아요. 왜냐면 순서상 작은 집이 아니라 큰 집 즉, 홍진철 사장님 쪽이 먼저 탈이 나는 게 순서거든요. 혹시 조상이 나오는 꿈같은 것 꾸신 것은 없으시고요? 명당이라는 곳에 계신 조상님들이라면, 이럴 때 미리 언질을 주실 법도 한데……."

산도깨비가 혀를 끌끌 차고는 입을 열었다.

"문가야, 저 녀석은 어찌나 겁이 많은지, 온몸을

부적으로 둘둘 감듯 온갖 비방으로 몸을 감싸고 있구나. 그게 아니라면 겁이 많은 것이 아니라 평소 행실이 좋지 않아 보복이나 역살을 미연에 방지하려는 것이겠지."

문 사장이 산도깨비의 말을 듣고 홍 사장에게 물었다.

"대강 하시는 일은 하정 씨에게 들었습니다. 구상건설 사장이시라고. 그리고 순호당과 사당에 하정 씨와 같이 온 남자분들이 사장님 밑에서 일하는 분들이라고……. 단도직입적으로! 혹시 살 맞을 짓 하셨나요?"
"하정이 아버지와는 호형호제 하는 사이입니다. 그리고 자주는 아니지만, 건설회사 하면서 늘 합법적인 일만 했던 것은 아닙니다. 젊었을 때는 특히 더 했죠. 흔히 조폭이라고들 하죠. 뒷일을 맡기는 녀석들이 제 밑으로 좀 있습니다."

문 사장은 케이가 두들겨 맞고 끌려가던 것, 하정이 사람들을 대동하고 가게와 사당에 들이닥쳤던 것이 떠올랐다.

'그렇다면, 살을 홍 사장에게 날렸는데 빗나가 다른 핏줄이 맞은 건가? 원한 관계로 인한 것이라면 한 사람만 살을 맞았을 텐데. 쓰러진 건 세 사람……. 수가 안 맞아.'

문 사장은 자신의 생각과 산도깨비의 말을 다시 복기하다 '혹시?'라는 생각이 들어 홍 사장에게 물었다.

"혹시, 미신 같은 것, 비방, 무속 이쪽으로 무언가를 하신 게 있나요? 홍 사장님 수호부로써."

문 사장의 말에 홍 사장이 시원하게 대답했다.

"네, 부적도 지니고 있고, 무속인에게 기도도 부탁드리고, 굿도 합니다. 삼년에 한번 선산의 서낭나무에서 제사도 지내고. 저 같은 건설하는 사람은 땅을 잘못 건드리면 동티나는 것을 잘 알기 때문에 늘 방비하고 있습니다."
"그렇군요. 안 그래도 산 님께서, 홍 사장님이 부적을 온몸에 둘둘 두르고 있다고 하셨는데. 맞군요. 혹시 사고가 난 사장님 가족들을 좀 볼 수 있을까요?"

"잘 되었네요. 내일 아침 병원에 가볼 참이었습니다. 시골에서 서울 병원으로 옮겨 왔거든요. 같이 가시죠. 내일 차 보내겠습니다. 저는 그럼 선약이 있어서."

문 사장의 대답을 듣지 않고 할 말을 한 후, 홍 사장이 자리에서 일어났다.

"잘 부탁드립니다."

홍 사장은 붉은 얼굴의 산도깨비가 보이지는 않았지만, 상석의 방석을 향해 공손히 허리를 굽혔다. 그리고 빠르게 한옥을 나와, 쪽문을 지나쳐 가게 밖으로 나갔다. 홍 사장이 나가자마자 가게 문을 닫은 소영과 준영이, 한옥 방안으로 들어왔다.

"너희! 집에 안 가? 여기서 살 거야?"
"아이참, 사장님! 저희가 도와드릴게요! 사장님 SNS 이런 쪽으로 약하시잖아요."
"이번에는 그런 거 필요 없거든요. 그러니 어린이 여러분은 집으로 돌아가세요! 특히 소영이! 너 늦으면 나중에 할머니께 혼나는 사람은 나라고!"

서낭목 47

티격태격하는 문 사장과 소영, 준영의 모습을 보며 산도깨비의 표정이 한껏 풀어졌다. 어느새인가 함께 있는 것에 익숙해져, 모두가 편안하다는 것을 알 수 있었다.

"자, 그만들 하거라. 복이 깬다."

산도깨비 뒤편에 일찍 잠든 복이가 있었다. 영안이 없던 홍 사장은 산도깨비뿐만 아니라 복이의 모습도 못 본 듯했다. 결국 문 사장까지 말장난에 끼어들며 키득대는 분위기가 되자, 산도깨비가 "어흠." 하고는 장난을 멈추게 했다. 곧, 문 사장이 방금과는 다른 진지한 표정으로 산도깨비를 향해 물었다.

"산 님. 저런 사람은 분명 지금도 나쁜 일에 많이 얽혀있을 거고, 업도 많이 쌓였을 텐데. 저 사람은 왜 도와주시려는 건가요? 저런 부류는 더럽다고 싫어하시잖아요."
"산 님이 말씀하시던 '개똥같은 인간' 그런 쪽인 거예요? 그 정도는 아닌 것 같은데······."

소영도 산도깨비를 쳐다보며 물었다. 할머니가 눈을 가려주고 있지만 기운을 느끼는 능력은 더욱 강해진 소영이었다. 산도깨비가 고개를 끄덕였다.

"그래. 그런 부류지. 허나, 이번에는 그 하정이란 인간과의 연 때문에 도와주는 것이다. 그 여자가 이 터를 지키게 돕지 않았느냐. 그에 대한 보답이다."
"하긴, 하정씨 도움을 크게 받았죠. 직접 전화해서 친삼촌 같은 분이니 꼭 만나달라고 할 때 각별한 인연이구나 했어요."
"그래. 그리고 욕심이 많긴 하지만, 사람이나 축생을 죽인 적 없는 자이니. 자, 문가야 네 생각은 어떠하냐?"
"온갖 비방을 두른 홍 사장을 빗겨 아래로 내려간 '살'임이 분명한데…, 형태는 산바람? 이건 직접 봐야 알 것 같아요. 내일이면 정확히 알 수 있겠죠. 살이라면 분명 흔적이 남을 테니 잡긴 쉬울 듯해요. 만약 정말 명당에 든 산바람이라면 '묘 도둑'이 든 걸 수도 있고요. 될 수 있으면 선산까지 볼 수 있음 좋겠는데……."

문 사장이 말끝을 흐리자, 산도깨비가 고개를 끄덕이며 말했다.

"일단, 내일 사람이든 산이든 잘 보고 오너라."
"네, 산 님."

* * *

홍 사장은 편안한 옷으로 갈아입은 후 침대에 누웠다. 가을 초입이라 그런지 공기가 약간 썰렁했다. 얼른 이불을 덮었다. 내일 할 일을 머릿속으로 정리하려고 했지만, 오늘 있었던 일들이 머릿속에서 떠나지 않았다.

몇 시간 전, 가게 안쪽 한옥에 갔을 때가 선명히 떠올랐다. 눈앞에서 푹 꺼지던 상석의 방석. 그것은 진짜였다. 속임수가 아니었다. 홍 사장은 자리에서 일어나 방의 불을 켰다. 더 이상 잠이 오지 않았다. 문 사장이 했던 말이 생각났다.

"내 몸에 부적을 두른 것 같다고?"

'혹시 그래서 정말 내가 맞을 살을 죄 없는 작은 집 식구들이 맞은건가?'라는 생각을 하며 거실로 나갔다. 일반적으로 TV가 있어야 할 위치에, 특이하게 커다란 검이 시퍼런 칼날을 드러내고 있었다. 대리석 장식장 위로 검은 조금 높게, 그 아래로는 검집이 자리하고 있었다. 검의 표면에는 정교하게 용이 새겨져 있었다. 검집 역시 검 표면과 같은 용이 짝을 짓듯 새겨져 있었다. 홍 사장은 그 검 앞에 섰다.

"김 선생이 이 검이 내가 갖고 있는 호신부 중 제일이라고 했는데……. 혹시 이것을 치우면……. 나한테도 무슨 일이 생기려나?"

잠시 검을 바라보던 진석이 검을 거치대에서 빼내 아래 진열되어 있던 검집에 넣었다. 망설임 없는 몸동작이었다.

"살이든 뭐든. 한번 와봐라."

홍 사장은 다시 방으로 들어갔다.

문 사장은 윤 비서의 안내를 받으며 병실을 향해 걸었다. 함께 오기로 했던 홍 사장이 "만나서 직접 말씀드리겠습니다."라는 메시지를 보내고 윤 비서를 통해 안내를 받으라고 전해왔다.

"문 사장님께 다시 한번 사과하신다고 꼭 전해달라고 하셨습니다."

"아닙니다. 바쁘신 분이니까요."
"오늘은 모든 일정을 취소하셨습니다. 가족분들을 보신 후, 홍 사장님 자택으로 안내해 드리겠습니다."

"네."라고 대답한 문 사장이 무언가 짐작이 간다는 듯한 표정으로 고개를 절래절래 흔들었다.

'그 양반. 겁 없어 보이긴 했는데. 쯧쯔……. 일단 눈앞의 상황에 집중하자.'

문 사장은 병실로 들어섰다.

* * *

"그래서…, 작은 집 식구들에게는 별일이 없었다고요?"

병원에서의 볼일을 끝내고 홍 사장의 자택으로 곧바로 안내되었다. 문 사장은 들어오자마자, 원래 검이 있었던 텅 빈 장식장 쪽으로 발을 옮겼다.

"역시 문 사장님. 알아보시는군요. 이쪽으로 앞

으시죠."

홍 사장의 앉으라는 권유에 소파로 돌아와 앉아, 병원에 입원해 있던 작은 집 가족들을 둘러 본 결과를 말했다. 그들에게서 살의 기운은 없다고 문 사장의 몸을 통한 산도깨비가 말해왔다. 그대로 문 사장은 홍 사장에게 말했다.

"네, 사장님. 이미 들으셨겠지만 전 아무것도 할 수 없는, 그저 볼 수만 있는 사람입니다. 가족분들은 살에 맞은 것은 아니었습니다. 오히려 한번 말씀드렸듯이 산바람이 맞는 것 같은데……. 명당에 제사도 제대로 지내시고 서낭신께도 제를 올리신다고 하니, 어쩌면 묘 도둑이 든 것일 수도 있습니다."
"묘 도둑?"
"명당이니까요. 명당은 홍 사장님 집안에만 명당이 아닙니다. 풍수가나 터를 좀 볼 줄 아는 사람들이면 명당 찾는 것은 식은 죽 먹기입니다. 그래서 다른 이의 선산에 자신들의 조상을 몰래 묻거나 이장하는 것을 묘 도둑이라고 합니다. 한번 뺏은 터의 기운은 다시 되돌릴 수 없거든요."

"그렇군요. 그래서 그런 꿈을……."
"꿈? 꿈을 꾸셨나요?"

홍 사장이 문 사장의 물음에 멋쩍게 웃으며 머리를 긁적였다.

"사실 어제 집 안에 있던 수호부를 하나 치워 뒀습니다. 혹시 저에게 진석이와 같은 상황이 생길까 해서. 그렇다면 제 탓이니까요."

문 사장이 가정 도우미가 가져다준 차를 받으며 경악에 찬 얼굴이 되었다.

"큰일 날 뻔 했어요! 수호부로 액이 빗길 수 있다면 좋은 건데, 왜 그 복을 차요?"

따지는 듯한 문 사장의 물음에 멋쩍게 웃던 홍 사장의 표정이 순식간에 바뀌었다.

"제가 드러나면 상대방도 드러날 테고……. 그러면 잡을 수 있지 않겠어요? 잡아서 그에 상응하는 대가를 줘야 하니까요. 허허허."

흠칫 놀란 문 사장이, 다시 웃기 시작한 홍진철 사장의 얼굴을 똑바로 쳐다봤다. 이 사람이 평범한 사람이 아니라는 것을 깜박했다고 생각한 문 사장이었다. 두 사람은 잠시 말을 아끼고 차를 한 모금 했다. 향만 맡아도 알 수 있는 최고급 보이차였다. 차 종류에 대해서는 잘 모르지만 얼마 전 하정이 보내온 것과 같아 문외한인 문 사장도 알 수 있었다. 잠시 차를 음미하던 홍 사장이 먼저 입을 열었다.

"그럼 이번에는 제 꿈 이야기를 좀 들어주시지요."
"네, 안 그래도 아까 병원에서 동생분도, 작은 어머님도 꿈을 꾸셨다고 들었습니다. 말씀해 주세요."
"청보리밭이 펼쳐진 시골길을 어린 제가……."
"!"

 홍 사장의 꿈 이야기는 청보리밭을 시작으로, 돌아가신 아버지가 두들겨 맞고 종국에는 피를 보는 것까지… 각자의 아버지가 다를 뿐 홍진석과 같은 내용이었다. 문 사장은 진지하게 홍 사장에게 말했다.

"당장 선산에 가보죠. 급합니다."

"…… 심각합니까?"
"네. 조상이 일으키는 산바람인 줄 알았는데…, 신이 뒤에서 부채질을 하는 것 같네요."

4.

홍진철 사장은 사회적 위치와는 다르게 꽤 유머러스하고 예의 바른 사람이었다. 딸뻘 되는 문 사장에게도 예의를 갖췄고, 미신이나 무속 쪽으로 관심이 많아 붉은 얼굴의 산도깨비에게도 경외심을 보일 정도였다. 특히 하정에 대한 애정이 컸다.

"그때, 하정이의 시가 일을 문 사장님이 처리하신 것을 보고는 김 선생도 놀라더군요. 김 선생이 꽤 오래 이쪽에 몸을 담았는데, 저승 도깨비 신장의 힘을 쓰는 것은 일반적인 무속인은 안된다고 하더군요. 제가 오늘 그런 대단한 분을 모시네요. 허허."
"무슨 말씀을. 저는 아무 능력도 없습니다. 그저 볼 수만 있으니까요. 상황에 따라 제가 아닌 그 김 선생님 쪽이 나서야 할지도 몰라요. 저는 산님의 힘을 빌어 퇴마를 하는 것이지, 신을 달랠

수는 없거든요. 그분이 안 되면 미리 찾아두시는 게 좋을 것 같습…, 어?"

두 사람이 대화를 나누던 때, 시골길을 달리던 차가 비포장도로 산길로 들어섰다. 그 순간, 차창 밖으로 가까이 보이기 시작한 봉우리 두 개의 산이 문 사장의 눈에 들어왔다. 대화를 멈추고 문 사장이 달리는 차의 창문을 내렸다. 그리고 머리를 살짝 내민 후 눈앞으로 보이는 산을 쳐다봤다.

'어? 저게 뭐야?'

문 사장의 머리카락을 휘날리게 하는 바람에 비릿한 냄새가 섞여 들어왔다. 창문을 닫은 후, 심각한 표정을 짓는 문 사장을 홍 사장이 아무 말 없이 기다렸다. 홍진철 사장의 신중한 성격은 나이나 지위에서 오는 것이 아닌 성격인 듯했다. 그 덕에 문 사장과 이어져 있던 산도깨비가 찬찬히 산의 기색을 읽을 수 있었다.

- 문가야, 저건 명당과 흉당이 함께 있는 산이구나. 일단, 조심하거라. 아마 앞의 봉우리 중 명당인 오른쪽이 선산이겠지. 왼쪽 봉우리로는 절

대 들어서지 말거라.

문 사장은 "네."라고 대답한 후, 입을 닫았다. 잠시 뒤 비포장 산길이 두 갈래로 나누어지는 곳에서 오른쪽 '사유지' 표시가 있는 산길로 들어서려고 했다.

"잠시만요! 차 좀 세워주세요!"

문 사장이 기사에게 다급히 외치자, 기사가 조금 급하게 차를 세웠다.

"갑자기 무슨?" 홍 사장의 물음에 문 사장이 대꾸를 하지 않고 급히 차에서 내렸다. 사유지 푯말 바로 위로 아름드리나무가 보였다. 주변의 산림이 훼손되지 않아 대부분의 나무들이 아름드리나무였지만 그 나무는 위용이 달랐다. 함께 내린 홍 사장이 흥미로운 표정으로 입을 열었다.

"역시, 바로 알아보시네요. 저희 선산의 서낭목입니다."
"네. 바로 알겠네요. 그런데…, 신이 안 보이네요."

"!"

놀란 홍 사장에게 문 사장이 말했다.

"홍 사장님. 돈 많으시죠? 이번 의뢰. 꽤 많이 지불하셔야 할 겁니다."

문 사장은 반대편 왼쪽 산길 쪽을 잠시 쳐다보다 물었다.

"이 왼쪽 산은 주인이 누군지 혹시 아시나요?"
"아, 네. 이쪽은 안쪽으로 마을이 있습니다. 그곳 이장이 저 산의 주인입니다. 잘은 모르지만, 집성촌인 것 같습니다."
"그런데 서낭목은 이쪽 산에 있네요? 원래라면 사람들이 비는 나무라 마을 쪽에 있는 경우가 많은데."
"글쎄요. 거기까지는 생각해 본 적이 없어서."

"그렇군요."라고 혼잣말하듯 말한 문 사장이 가방에서 작은 팔찌를 꺼냈다. 별 것 없어 보이는 실 팔찌였지만 색의 조화가 예뻤다. 문 사장이 그 팔찌를 '사유지'라고 적힌 푯말 뒷쪽에 보이지 않게 잘 걸고 매듭을 조이자 단단히 묶였다.

"자, 대강 비방은 하나 해놨고. 이제 산소가 있는 곳으로 가시죠."

홍씨 일가 묘들은 층층이 양지바른 곳에, 깨끗하게 관리되어 있었다. 사실 문 사장은 풍수가가 아니었기 때문에 '양지바른 곳이 명당이다.' 정도밖에는 몰랐다. 문 사장의 눈을 통해 산도깨비가 기운을 읽게 하는 것이 선산으로 직접 온 목적이었다.

"아, 저기들 계시네요."

문 사장이 공손히 허리를 굽혀 묘가 모여 있는 방향으로 인사를 드렸다.

"저 잠시만."

양해를 구한 후, 문 사장이 걸음을 옮겼다. 흙을 다져 나무판자를 얹어 만든 계단을 중심으로, 양쪽으로 위아래로 나누어 묘들이 있었다. 문 사장은 계단을 올라가며 크게 말했다.

"아니! 서낭신께서 왜 여기 계세요?!"
"너는……, 빌어 태어난 아이로구나. 이제 벌에서 벗어난 아이가 여긴 무슨 일이냐?"

 옥색 한복을 곱게 차려입은 서낭신이 오히려 문 사장에게 물었다. 최근 전생의 업에서 벗어난 문 사장은, 신들에게 이유 없이 욕먹는 일이 줄어들었다. 물론 죽어 그 값을 치러야 하지만…, 이 개똥같은 현생을 즐기자고 마음먹은 문 사장이었다.

"서낭신께서 부채질을 하고 계실 줄은……."

 아니나 다를까. 서낭신 뒤로 홍 씨 집안 조상들로 보이는 영가들을 부들부들 떨고 있었다.

"좋은 자리에서 잘 자고 있던 조상들까지 깨우시고. 게다가 줄초상까지 내시려고……."
"네 이놈! 빌어 태어난 것이 말을 함부로 하는구나!"

 결국 혼이 나는 문 사장이었다. 그리고 곧바로 화경이 열렸다. 산도깨비와 합을 맞추던 화경이 아니고 처음 보는 서낭신이 열어주는 것이라 잠시 멀미가 났다.

"저것은!"

화경이 끝나자, 서낭신이 사라졌다. 할 말은 다 했다는 듯. 곧이어 산도깨비의 말이 머릿속으로 들려왔다.

- 일단 서낭신이 하라는 대로 하거라. 여기까지면 내가 나설 것도 없구나. 저 홍가의 일은 여기까지다.

"…네. 산 님. 알겠습니다."

문 사장이 산소로 오르는 계단 끝에 서 있던 홍 사장에게 다가갔다.

"홍 사장님. 가져오신 것으로 일단 조상분들께 인사드리세요. 전 산 초입의 서낭목에 잠깐 다녀오겠습니다."

홍 사장이 윤 비서와 간단한 음식을 꺼내는 것을 뒤로하고 문 사장이 산 아래로 내려가기 시작했다. 서낭목이 보였다. 더불어 옥색 한복의 서낭신이 나무 아래 보였다.

"이거다. 이것을 꺾어 나를 보호해다오."
"네."

문 사장이 가방에서 작은 칼을 꺼내 서낭목 작은 가지에 흠을 내고 꺾었다. 그 가지를 들고 다시 산길을 올라가려는데, 차가운 기운에 몸이 흠칫 떨려 뒤를 돌아봤다. 서낭목 몇 미터 앞에 꽂혀있던 사유지 팻말. 그 뒤로 산도깨비의 기운이 묻은 팔찌의 영향으로 산 귀들이 빠르게 도망가고 있었다.

"과연. 서낭신이 자리를 비우니 서낭목에 묶여있던 귀들이 풀려 돌아다녔구나."

산 귀들이 빠르게 왼쪽의 산으로 도망가는 것을 보며 문 사장이 생각했다.

"저 산은 도대체 뭐지? 이 냄새도 그렇고. 귀취도 심하지만 비린내……. 뭐, 내 알바 아니지."

'의뢰받은 일을, 돈 받는 만큼 일한다!'라는 마인드의 문 사장이었다.

홍 사장이 간단한 다과로 조상 묘에 인사를 끝냈을 무렵, 문 사장이 손에 나뭇가지를 들고 나타났다.

"이건 뭡니까? 나뭇가지?"

문 사장은 말없이 아까 자신이 서 있었던 묘들 가운데 길로 걸어가, 나뭇가지를 땅에 박았다. 산도깨비의 힘으로 최대한 깊게 박았다. 그리고 의아한 표정의 홍 사장에게 돌아가 입을 열었다.

"비방입니다. 잘 듣고 최대한 빠르게 행하셔야 합니다."

홍 사장이 고개를 끄덕이고 침을 꿀꺽 삼켰다.

"지금 제가 꽂은 나뭇가지는 서낭목의 가지입니다. 당분간 서낭신은 서낭목이 아닌 저 가지에 깃들어 계실 겁니다. 최대한 빨리 서낭목을 이 산의 가능한 최대한 안쪽으로 옮기세요."
"나무를, 통째로 옮겨 심으라는 말씀입니까?"

놀란 홍 사장이 묻자, 문 사장이 고개를 끄덕였다.

"건설사 사장이시니 문제는 없으실 텐데요. 지금 옆의 흥산이 서낭신을 잡아먹으려고 하고 있습니다. 서낭신이 그것을 피해 위까지 올라와, 서낭목을 옮겨 달라고 홍 씨 조상들을 깨우신 겁니다. 처음에는 꿈을 통해 선산에 대해 이야기를 하려고 했는데, 서낭목을 떠나 신력이 약해진 틈으로 악한 기운이 그 이야기를 못하도록 방해했습니다. 그것이 꿈에 나온 어른들을 공격하는 흉몽으로 변한 것입니다. 그리고 그 악한 기운들이 실제 작은 집 식구들에게 뻗치기 시작한 것이고요. 사장님은 호신부들이 강해 빗겨간 게 맞습니다. 그나마 다행인 것은 살도 아니고, 산바람도 아닌 것 입니다."

홍 사장이 안도의 표정을 지었다.

"그러면 서낭목만 옮기면 되는 것입니까? 다른 것은?"
"갑자기 일어난 조상분들도 놀란 것 같으니, 이 기회에 서낭제를 크게 하시죠. 서낭신이 조상님들을 다시 편히 잠들게 하실 겁니다. 중요한 것은 최대한 빨리 행하셔야 한다는 것입니다."
"네. 알겠습니다."

5.

문 사장이 가게 문을 열기도 전에 복이가 먼저 문을 열었다.

"사장님! 오셨어요!"
"복아, 가게 잘 지켰어?"

문 사장이 복이의 까까머리를 쓰다듬었다. 가게에 커피 향이 가득한 것이 역시나 소영과 준영이 있었다. 기특하게도 문 사장이 차에서 내리는 것을 보자마자 준영이 커피를 내렸다. 소영이 일어나 문 사장에게 다가왔다.

"사장님! 오셨어요!"
"생각보다 빨리 오셨네요. 잠깐만요."

문 사장이 테이블에 앉자마자, 준영이 커피를 머그컵에 따라왔다.

"준영아, 난 커피잔이 좋은데."
"대충 드세요!"
"어, 그래."

실없는 대화가 오간 후, 문 사장이 커피를 한 모금 마셨다. 과자를 꺼내 문 사장 앞에 내려놓으며 소영이 물었다.

"어떠셨어요?"
"그냥 생각보다 빨리 해결했어. 다행히 서낭신이 떠난 것이 아니더라고. 그리고 소영이 네가 만든 팔찌. 요긴하게 잘 썼어. 더 만들어라! 하하하."

　뿌듯해하는 소영의 옆에서 "팔찌가요?"라고 묻는 준영에게 문 사장이 고개를 끄덕였다.

"그래. 확실히 신력이 강한 할머니 덕분인지 소영이가 만든 팔찌에 산도깨비님 기운을 묻히니, 더 단단한? 그런 느낌?"
"확실히 사장님이 만드신 팔찌보다는 색이 진해 보였어요."

　준영이 말했다. 준영은 약간의 영안이 열린 상태로 흐릿하게 기운을 볼 수 있었다. 아마도 팔찌에 얹힌 기운이 세니 조금 더 진하게 보인 것 같았다.
"부적을 만들어 팔까요?"

"…거 참, 신성한 기운을……. 참 좋은 생각이다. 나이스 준영!"

킥킥 거리며 세 사람이 장난을 치고 있을 때.

- 적당히 쉬었으면 들어오너라. 언제까지 놀고 있을 참이냐!

산도깨비의 호통이 세 사람의 머릿속을 통해 귀를 때렸다. 마당에서 놀고 있는 복이에게 간식을 챙겨주고, 부엌에서 막걸리와 떡을 챙겨 문 사장과 두 사람이 한옥으로 들어섰다.

"다녀왔습니다. 산 님."
"오냐. 얼른 말해 보거라. 서낭신이 너에게 화경을 연 것이지, 나에게 보인 것은 없었다. 하여간 신들이란 작자들은……. 쯧쯧. 도와줘도 고맙단 말을 못 듣지!"

'신 할머니가 여기 계셨으면 분명 싸움이…….'라고 생각하는 세 사람이었다.
결론은 산바람이 아니었다. 그나마 다행이었다. 산바람이 아니더라도 조금만 더 있었으면, 작은 집의 두 쌍둥이에게까지 문제가 생겼을 것이 자명했다. 그만큼 서낭신은 다급했다. 무엇이 온화한 서낭신을 이렇게까지 몰아붙였을까? 서낭목에서 벗어나면 신력이 약해지는데. 서낭목을 벗어나 홍 씨 집안 산소까지 도망칠 정도라니. 서낭신이 연 화경으로, 문 사장이 본 내용은 이랬다.

왼쪽 봉우리의 흉산. 귀취. 인간들. 마지막으로 흉산에서 내려오는 검은 기운. 서낭신의 공포. 홍 씨 일가. 현몽. 방해.

"그 흉한 검은 기운이 서낭목까지 다가오지 못한 것은, 아마 사유지 안에 위치했다는……. 그 한 끗 차이 때문이겠지요. 사유지가 됨으로써 산에 주인 이름이 생기는 것이니, 다른 이름을 갖은 것들은 허락받지 않는 한 못 들어가니까요."
"그랬구나. 그 악한 기운이 대단한가 보군. 명당에 자리한 서낭신을 잡아먹겠다고 달려드는 놈이니. 그런 산귀는 위험하다. 이제 문가 넌 빠지거라. 비방은 그곳 서낭신이 해줬겠군."
"네. 홍 사장에게도 말해뒀습니다."

그렇게 한옥에서 이야기를 마친 며칠 후, 가게로

선물을 든 윤 비서가 들렀다. 몇 마디를 나눈 후, 윤 비서가 돌아가자마자 문 사장이 뱅킹앱을 열어 금액을 확인했다.

"오오!! 역시 건설회사 사장님은 스케일이 크시네!"

* * *

- 찾았다. 드디어. 찾았구나. 이 찢어죽일 산도깨비!

사유지 푯말 뒤에 잘 묶어 둔 팔찌가 끊겼다.

용골

0.

 한적한 시골길. 한눈에 봐도 연식이 높은 검은 승합차 한 대가 천천히 달린다. 스쳐 지나가는 논에는 황금빛 벼가 고봉밥처럼 소복이 쌓인 모습으로, 알곡을 품고 있다. 조만간 수확이 시작될 것 같은 고즈넉한 시골의 풍경이다.

 승합차는 곧게 뻗은 시골길을 벗어나 산 입구로 보이는 비포장도로로 들어섰다. 십여 분 정도 달리자, 두 개 봉우리의 산이 보였다. 그냥 보기에도 꽤 높아 보이는 산은, 들어가는 입구에서 양 갈래의 산길로 갈라져 있었다. 양쪽 모두 차가 오를 수 있는 정비된 길이다. 오른쪽 봉우리로 향하는 산길은 튼튼한 팻말로 '사유지'라고 표시가 되어 있었다.

 승합차는 능숙하게 왼쪽 봉우리로 향하는 산길로 들어선 후, 서서히 속도를 올려 산을 오르기 시작했다. 잠시 후, 멀리 언덕 위로 전형적인 시골집들이 하나 둘 보이기 시작했다. 승합차는 마을 초입에 보이는 작은 구멍가게 앞에 멈췄다.

"어서 오시게. 미리 연락은 받았어. 허허."

가게 앞 작은 평상에 앉아 고추를 말리고 있던 노인이 차로 다가왔다. 승합차 운전석과 조수석에서 삼십 대 초중반으로 보이는 남자 둘이 내리며 노인 쪽으로 목례를 하며 웃었다.

"아이고, 한 씨 어르신 오랜만에 뵙습니다. 저번에 왔을 때는 가게 문이 닫혀 있던데, 어디 좋은데 다녀오셨나 봐요?"
"좋은 데는 무슨, 외손주 돌이라 손주 보러 다녀왔어."
"아이고, 벌써 둘째 손주가 돌잔치 할 때에요? 좋으셨겠어요."
"무슨, 딸이랑 사위가 둘 키울 생각하면 안쓰럽지! 마냥 좋지만은 않아~! 자네들도 열심히 돈 모으게! 한 살이라도 젊을 때 모아야 해!"

옆에서 듣고만 있던, 운전석에서 내린 작은 키의 남자가 두 사람의 대화에 끼어들었다.

"예, 그러려고 저랑 형님이 이 먼 곳까지 오지 않습니까! 하하하."

한 씨 노인도 맞장구치며 허허 웃은 후, 주머니에서 핸드폰을 꺼내 들었다. 단축번호를 꾹 한 번 누르자, 통화음이 울리더니 누군가 전화를 받았다.

"이장님, 여기 예약한 분들 오셨습니다. 예, 예, 장부에 적고 올려보내겠습니다."

전화를 끊은 한 씨 노인이 두 남자를 가게로 데리고 들어갔다. 두 남자는 익숙하게 청주 두 병을 샀다. 그리고 노인이 내민 장부에 자신들의 이름, 구매한 술의 종류와 수를 적고는 안주용 과자를 몇 개 더 사고 밖으로 나왔다.

"참! 어르신! 이거!"

인사를 한 후, 차로 오르려, 형님이라고 불린 키 큰 남자가 지갑을 얼른 꺼냈다. 오만 원권 넉 장을 꺼내 한 씨 노인의 손에 들려주며 말했다.

"어르신, 나중에 손주 보러 갈 때 간식 사가세요. 허허허."
"아니! 저번 큰 손주 때도 주더니! 괜찮네! 이 사람!"

"아이고, 요즘은 할아버지들도 돈이 있어야 애들이 좋아해요~. 저 가볼게요! 다음번엔 이 친구 혼자 올 것 같은데, 잘 부탁드려요. 일을 가르치는 중이라서요. 허허허."
"아이고, 걱정 말게. 고맙네, 얼른 올라가게. 이 장님 기다리실라."
"예, 어르신. 가볼게요!"

송 이장은 언덕 위에 서서, 천천히 마을로 들어서는 승합차를 바라보고 있었다. 머리카락이 하얗게 세어 있고 어두운색의 개량한복을 입고 뒷짐을 지고 있었다. 키가 크진 않지만, 자세가 꼿꼿해서인지 나이보다 훨씬 젊어 보였다.

곧, 승합차가 송 이장의 집 앞에 멈춰 섰다.

"꼭두, 갈치! 한 씨랑 뭔 그리 재미난 이야기를 하느라 이제 오는 게야."
"아이고, 이장님. 오랜만에 만나서 인사드린 거죠! 허허허, 일단, 이것들······."

키 큰, 꼭두라고 불린 남자가 갈치라고 불린 작은 남자에게 아까 가게에서 샀던 물건들을 넣은 비닐봉지를 받았다. 꼭두는 두 손으로 공손히 비닐봉지를 송 이장에게 건넸다. 꼭두와 갈치는 정자세로 서서 송 이장의 다음 행동을 기다렸다.

"두 사람은 잠시 여기서 기다리게. 오늘 두 사람 예약 맞지?"

송 이장은 건네받은 비닐봉지를 들고 집으로 들어갔다. 갈치가 꼭두를 향해 실실 웃으며 말했다.

"꼭두니, 갈치니 여기서 쓰는 호칭이 참 올드 하네요."
"실제 이름을 쓰면 안 되니까. 적당히 송 이장님 기분 맞춰드려라. 이제 조용히 해."

이런 산속에, 이렇게 깨끗하게 관리가 잘 된 한옥이 있을 줄 누가 알까? 세 번째 오는 송 이장의 집을 갈치가 멍하게 쳐다봤다.

"응? 형님!"

갈치가 허공을 바라보다, 갑자기 꼭두의 팔을 잡고 흔들었다. 송 이장이 들어간 문을 바라보고 있던 꼭두가 살짝 인상을 쓰고 '왜?'라는 표정으로 쳐다봤다. 갈치는 꼭두의 반응에 아랑곳하지 않고 손가락으로 하늘을 가리켰다.

"저기, 저거! 안보이세요?"
"뭐가?!"
"저기 하늘을 날아서 지붕으로 내려앉았잖아요!"
"그러니까! 도대체 뭐가?!"

갈치가 눈을 크게 뜨고 꼭두를 쳐다봤다.

"용!"

"우와! 이런 산골에 가게가 다 있네~! 안 그래도 배고팠는데, 할아버지 컵라면 있어요?"
"풰, 풰야?"

네 시가 넘어가니, 9월의 가을 산은 빠르게 해가 떨어졌다. 한 노인은 말리던 고추를 걷기 위해 가게 밖으로 나오려다, 갑자기 들이닥친 청년들의 모습에 당황했다.

"어이 자네들! 지금 어디 가는 게야?"

한 씨 노인이 당황하며 묻자, 누군가 "아, 안녕하세요. 할아버지! 저희는 여기 야간 산행을 하려고 온 대학교 등산 동호회에요."라고 대답했다.

가게 앞에 차 두 대를 대놓은 후, 기지개를 피던 여덟 명은 자신들을 대학생이라고 소개하며 갑자기 가게로 들이닥쳤다.

"뭐야, 술이랑 과자만 있네. 컵라면은 없어요?"
"산골 구멍가게가 다 그렇지 뭐, 아무거나 사. 배만 부르면 되지."
"난, 초콜릿. 초콜릿은 없어요?"

남자 넷, 여자 넷으로 이루어진 등산 동호회는, 말만 동호회지 데이트를 하러 온 커플 모임 같았다.
한 노인은 인상을 쓰고 말했다.

"너희들한테 팔 물건 없으니, 어서 나가!"
"뭐에요, 지금 손님 거부하는 거예요?"

생각지 못한 가게 노인의 불친절함에, 긴 머리를 하나로 묶은 여자가 신경질적으로 받아쳤다. 그리고 핸드폰을 꺼내 한 노인과 가게를 찍으며 비웃듯 말했다.

"이 구멍가게 SNS에 올릴 거야!"
"뭐야! 당장 그만두지 못해!"

한 노인이 노기 섞인 목소리로 소리 질렀다. 그러나 가게로 들어온 사람들은 나이 많은 가게 주인을 아랑곳하지 않았다. 제각각 할 말만, 하고 싶은 행동만 했다. 다행히 밖에서 기다리던 일행 중, 모자 쓴 남자가 한 노인의 목소리를 듣고 급히 가게로 들어왔다. 그리고 당황한 듯, 여자와 남자에게 말했다.

"이봐! 지금 뭐 하는 거야? 죄송합니다. 어르신."
"당장 나가! 너희에게 팔 건 하나도 없으니! 나가!"

분에 못이긴 한 씨 노인이 빗자루를 들자, 사과하던 모자 쓴 남자가 얼른 빗자루를 빼앗고는 다시 한 번 사과를 해왔다.

"죄송합니다. 어르신. 사실 저희는 흉가 체험단이에요. 흉가에 왔다고 하면 시골 어른들이 싫어하셔서…, 죄송합니다. 사실 여쭤볼 게 있어서 잠깐 가게에 들른 건데, 정말 죄송합니다."

남자가 멋쩍은 듯 자신을 흉가 체험단 리더라고 밝혔다. 그러자 방금까지 난리를 치던 두 명의 남녀가 눈치를 슬쩍 살피는가 싶더니, 후다닥 가게 밖으로 나갔다. 한 씨 노인이 따라 나가려고 했지만, 흉가 체험단 리더에게 팔을 잡혔다. 리더는 말을 이었다.

"어르신, 여쭤볼 게 있는데요. 이곳 산에 폐사찰이 있다고 들었는데 어느 쪽으로 올라가야 하는지… 혹시 아시면 가르쳐 주시겠어요?"
"폐사찰?"

한 씨 노인의 얼굴이 굳어졌다. 리더가 한 노인이 표정을 보고, 그곳을 안다고 확신했는지 한 번 더 물었다. 아직도 가게 밖에서는 시끄러웠는데, 그 광경을 짜증난다는 표정으로 본 한 씨 노인이 고개를 저었다.

"잠시만, 기다려 보시게. 이 산은 경고문은 안 적혀 있지만 엄연한 사유지일세."

말을 마친 한 씨 노인이 핸드폰 단축 버튼을 꾹 누르자, 잠시 후 송 이장이 전화를 받았다.

　- 알았네. 그냥 가르쳐 주시게. 갑자기 손님들이 오시고……. 허허, 이거야 원.
"예, 이장님."

　한 노인은 산의 주인이 입산을 허락했다며, 폐절의 위치를 남자에게 가르쳐 주었다.
　그렇게 승용차 두 대가 마을로 들어갔고, 한 노인은 관심이 없다는 듯 고추를 걷기 시작했다.

1.

"다섯 명? 오늘은 손님이 많이 오네."

　송 이장은 예약 명부를 읽고는 탁자에 내려놓았다. 바깥을 바라보니 어스름한 어둠 사이로 빛이 들기 시작했다. "읏차."하고 일어나 굽힌 등을 한번 펴고는 마당으로 나오자 차가운 공기가 훅 하고 온 몸을 감쌌다.
　선선한 9월 중순이었지만, 이런 산골에서는 이미

아침저녁 초겨울에 들어선 듯했다.

"나이가 드니 잠이 안 오네. 허허."

송 이장은 집을 나서 아직 어둑한 산길을 오르기 시작했다. 산 깊이 자리한 이 마을은 예부터 '용골'이라고 불리던 곳이었다. 산꼭대기에서 용이 호랑이를 잡아먹었다는 민담이 내려오는 곳으로, 지금은 사람들이 발을 들여놓지 않는 산이다.

산길을 조금 오르자 폐사찰이 나타났다. 말이 폐사찰이지 깨끗하게 정돈된, 사람 손이 닿은 깨끗한 장소였다. 몇 년 전, 외부인들이 용골에 온 적이 있었다. 이 사찰에서 귀신을 봤다는 둥, 사진에 찍혔다는 둥, SNS에 올려진 심령사진 비슷한 것 때문에 한동안 마을이 시끄러웠다. 그런데 얼마 전, 그런 시끄러운 무리가 다시 들이닥친 것이다.

"젊은것들이. 산이 얼마나 무서운 줄도 모르고……. 화를 자처하지. 쯧쯧. 그리 일러줘도 모르면 그것 역시 다 제 복이지."

송 이장은 사찰로 들어가기 전, 옷매무새를 한번 다듬었다. 그리고 문을 열고 들어가 초를 켜고 기도를 시작했다.

* * *

꼭두와 갈치는 올 때마다 그랬듯 마을 입구 가게에서 술과 간단한 안주거리를 사 송 이장의 집으로 향했다. 이미 몇 번 온 곳인데, 다른 때와 다르게 갈치가 유독 안절부절 못했다. 결국 보다 못한 꼭두가 화를 냈다.

"너 도대체 왜 그러냐? 처음 오는 곳도 아니고. 네가 그렇게 운전을 하니 내가 다 불안하잖냐! 산길에 사고 나나 싶어 어찌나 가슴 졸였는지!"
"형님. 그게 아니고……. 아 진짜! 어차피 믿지도 않으실 거면서!"
"이놈이 어디서 짜증이야!"

되레 짜증을 내는 갈치 때문에 꼭두는 어이가 없었다. 마음 같아서는 한 대 쥐어박고 싶었지만, 오늘 해야 할 일이 많았기에 꾹 참을 수밖에 없었다. 승합차가 송 이장의 집 마당에 들어섰다.

"너! 이장님 앞에서 경거망동하지 마라! 오늘은

다섯 명 예약이란 말이다. 바쁠 테니 정신 바짝 차려!"
"…네. 형님."

어느새 집 문을 열고 나오는 송 이장을 보고, 두 사람이 차에서 빠르게 내려 인사를 했다.

"이장님, 안녕하셨지요? 오늘은 다섯 사람 예약입니다."
"그러게 허허. 오늘은 오랜만에 단체 손님이네그려. 자, 일단 그 봉지 이리 주게."
"네, 여기."

마을 초입 구멍가게에서 산 술과 안주가 든 봉지를 건네받자, 송 이장이 집 안으로 들어갔다. 갈치가 불안한 얼굴로 집 지붕 위를 살폈다.

"너, 도대체 왜 그러냐?"
"혀… 형님! 저거! 저거 안보이세요?"
"뭐?"

덩달아 긴장한 꼭두가 갈치가 가리키는 지붕을 봤지만, 아무것도 보이지 않았다.

"너 진짜 왜 그러냐! 저번에도 용이니 뭐니 헛소리를 하더니!"
"형님, 진짜 안 보이세요? 저거!"

겁에 질린 갈치의 목소리가 거짓이 아님을 느낀 꼭두가 인상을 찡그렸다. 그러나 몇 번을 봐도 꼭두의 눈에는 아무것도 보이지 않았다. 어느새 집 밖으로 나왔는지 송 이장이 재밌다는 듯 두 사람을 보고 있었다.

"뭐가 보이는데? 말해 보시게."

송 이장의 물음에 갈치가 지붕에서 눈을 떼지 않고 넋이 나간 사람처럼 대답했다.

"용. 용이 보입니다."

송 이장이 "오호."하며 흥미롭다는 듯 갈치를 쳐다보자, 옆에 서 있던 꼭두가 갈치의 머리를 한 대 쥐어박았다.

"이장님, 죄송합니다. 이놈이 실성했는지 자꾸 헛걸 보네요."

"허허, 헛것이 아닐 수도 있지. 이곳이 용골 아닌가. 허허허. 자, 이제 올라갑세. 다섯 사람이니 오늘은 시간이 꽤 걸릴 테니."

잠시 후, 마을 사람 여럿이 송 이장의 집에 도착했다. 꼭두와 갈치는 익숙하게 승합차 문을 열었다. 차 안에는 손과 발이 테이프에 칭칭 감긴 다섯 사람이 타고 있었다. 그들의 입은 테이프로 막혀 있었다. 막힌 입이어서 겨우 '읍읍'거리는 그들의 얼굴은, 이미 멍투성이로 울긋불긋 했다.

"가을이라 얼굴에 단풍이 졌네. 허허허. 자, 시작하시게."

송 이장의 말이 끝나자, 다섯 사람은 마을 사람들에게 끌어 내려져 바닥으로 내동댕이쳐졌다. 바닥을 대구르르 구르는 사람들을 발로 차고 밟으며 "오늘은 꽤나 재미 좀 보겠네요. 이장님."하고 마을 사람 하나가 웃으며 말했다. 그 모습을 보던 꼭두가 잘 부탁드린다고 말하며 가슴에서 봉투를 꺼내 송 이장에게 건넸다.

"확인 좀 하고."

송 이장이 봉투에서 꺼낸 현금을 확인하는 동안, 꼭두는 등에 식은땀이 흐르는 것을 느꼈다. 늘 이 순간 긴장했다. 한 치의 오차가 있으면 안 되었다. 금액을 확인한 송 이장이 고개를 끄덕이며 꼭두에게 말했다.

"돈은 잘 받았고. 잠깐 기다리게. 전화 한 통 하고."

송 이장이 평소와 다른 행동을 보였다. 금액 확인이 끝나자, 안도감을 느끼려던 찰나 꼭두가 다시 긴장했다.
'얼른 이곳을 벗어나고 싶은데.'라는 표정으로 옆을 보니 아직도 갈치가 멍하게 지붕을 쳐다보고 있었다.

'이놈이 미쳤나? 여기 나서면 손 좀 봐야지 안 되겠네.'

송 이장이 통화를 끝내고 이제 가보라고 손짓했다. 얼른 마을을 떠나고 싶어 꼭두와 갈치가 인사를 하자, 송 이장이 말했다.

"거기. 작은놈. 갈치라고 했지? 그놈은 두고 가
게."
"네?"
"자네 사장이랑 말 다 끝났으니, 갈치 그놈은 두
고 가라고. 왜? 자네도 남고 싶나?"

 송 이장의 마지막 말은 진심이었다. 꼭두는 두말
하지 않고 멍하게 서 있는 갈치를 두고, 차에 올라 시
동을 걸었다. 떠나는 차를 멍하게 보던 갈치가 그제
야 정신이 든 듯 "형님! 형님!"하고 외쳤지만 꼭두는
외면하고 마을을 빠져나갔다.
 떠나는 차의 뒷모습을 황망하게 바라보는 갈치를
송 이장이 툭툭쳤다. 노인답지 않은 강한 힘에 몸이
휘청거렸다.

"자, 자네도 따라오게."

 송 이장과 마을 사람들을 따라 갈치가 산길을 오
르기 시작했다. 몇 번을 온 곳이지만 산을 오르는 것
은 처음이었다. 생각보다 잘 다져진 길은 차가 다닐
수 있을 정도였다. 하긴, 이 정도가 되니 '손님'을 받
는 거겠지만.

"긴장되나?"

옆에서 천천히 걷던 송 이장이 갈치에게 물었다. 갈치는 "네. 조금."이라고 대답했다. 진심이었다. 송 이장이 허허 웃으며 "그러면 내가 재미난 이야기 하나 해주겠네."라고 이야기를 시작했다.

"예부터 이곳은 용골이라고 해서 험준한 산으로 유명했지. 원래 이런 산에는 사람들 발길이 닿지 않아 영기 가득한 산이 되지. 영기가 뭔지 아나?"
"네. 대강은……."
"그래. 그런 영기가 강한 산에는 무당이나 도사들이 신력을 키우기 위해 기도를 하러 오고는 하지. 산기도라고 하는 것이네. 이곳 용골이 그런 곳이었네."

뒤에서 엉엉 우는 소리가 들렸다. 아무래도 입과 손발을 묶었던 테이프를 떼버렸는지 사람들의 울음소리가 살려달라는 소리와 함께 들려왔다. 그러나 갈치는 뒤를 돌아볼 수 없었다. 뒤를 돌아보면 잡아먹힐 것 같은 공포가 몰려왔다. 송 이장은 그런 갈치를 신경 쓰지 않고 말을 이어갔다.

"그래서 많은 무당, 도사들이 이곳을 찾았지. 그런데 어느 날부터인가 그 사람들이 하나 둘 사라지게 되었지. 산의 영기는 더욱 더 강해지는데, 그들이 오는 족족 산속에서 사라지는 게야. 그것이 소문이 났지. 저 용골로 들어가면 나오지 못한다고. 그렇게 영험한 기운을 가진 이들이 발길을 끊기 시작했어."

송 이장의 이야기는 이 산에 얽힌 전설인 듯했다. 이 자리가 할머니 댁 아랫목 이불 안이었다면, 참 재미있게 들을 만한 내용이었을 텐데……. 갈치는 말없이 송 이장의 이야기를 들었다.

"그 후, 이곳은 들어가는 사람은 있어도 나오는 사람은 없다는 소문이 돌았지. 나도 처음 이 산에 발을 들였을 때 그 말을 알겠더라고. 처음 이곳에 왔을 때 그 흔한 산다람쥐 한 마리가 안 보이더군. 허허허. 나는 오히려 그 점이 아주 마음에 들었다네. 산기도 드리기에 이만한 곳이 없었어. 나는 온 재산을 다 끌어모아 이 산을 샀지. 이 산 주인이 사업을 했는데 때마침 돈이 급하다고 주인을 찾고 있었거든."
"아, 네."

추임새 넣듯 갈치가 영혼없이 대꾸함에도, 송 이장은 개의치 않고 자기 할 말을 이어갔다. 갈치가 자신의 이야기를 안 듣고 있어도 별 상관없어 보였다.

갈치의 신경은 온통 하늘 위를 돌아다니는 무언가에 집중되어 있었다.

'저게, 따라오고 있어!'

"처음에 나는 혼자였네. 사찰에 있던 중이 떠나고 나는 그 절을 내 기도터 삼았지. 이제 나 혼자 이 산의 영기를 다 받을 수 있겠거니 했어, 그리고 내 생각이 맞았지."

산 중턱에 작은 절이 보였다. 절 마당에 들어서자, 송 이장은 절로 들어서며 손을 합장하고 잘 봐주십사 기도했다. 그 옆에서 갈치가 안절부절 불안해할 때, 곧 뒤따라온 마을 사람들이 다섯 명을 데리고 마당으로 들어왔다.

그 와중에도 송 이장은 이야기를 멈추지 않았다.

"나는 선택을 받았지. 이 산의 주인에게. 그 옛날 호랑이를 잡아먹고 산의 주인이 된 그분에게. 그리고 나는 마을을 만들었네. 지금 이 마을이지. 여기서 무슨 일을 하는지는 갈치 자네도 들어서 잘 알고 있지?"
"네. 압니다."
"그래, 여기 '손님'을 보내는 사람들은 다 알고 보내는 거니까. 오늘 우리가 어떻게 주인님을 모시는지 직접 보게 될 거야. 잘 봐두게. 허허. 이런 기회가 많지 않아. 자, 다들 시작하게!"

송 이장의 호령으로 '손님맞이'가 시작되었다. 마당에서 벌어지는 지옥도에 갈치의 비명이 산을 메아리쳤다.

* * *

앤티크 숍. THE MOON. 오늘도 가게 안에서 소영과 준영이 과제를 빙자한 데이트를 즐기는 중이었다. 문 사장은 "너희, 가게나 봐라."하고는 복이와 산책을 나갔다. 먼저 과제를 끝낸 준영이 노트북으로 인터넷 뉴스를 이리저리 들어가 보던 중이었다.

"응? 뭐지 이거?"

준영은 인터넷 기사를 다시 읽기 시작했다. 소영

이 보고 있던 책과 노트를 덮었다. 요즘 많은 사람들이 필기에 탭을 이용하지만 '역시 암기는 쓰면서 하는 것이 제일'이라고 생각하는 소영이었다. 준영이 인상을 찡그리자 소영이 물었다.

"무슨 기사인데? 뭐 안 좋은 기사야? 그럼 보지 마! 기분만 안 좋아져."
"아니. 이거, 흉가 체험단 이야기인데……."
"야! 흉가? 그런 거 보지 마! 그 고생을 하고서!"

소영이 인생 가장 후회하는 것이 폐가 체험을 가자고 말한 것이었다. 지금도 폐가라는 말만 들어도 신경이 곤두섰다. 그때, 그곳만 안 갔어도 귀문이니, 귀니 이런 것들은 평생 모르고 살았을 텐데. 신줏단지에 모셔진 신 할머니가 아시면 서운하시겠지만…, 이것은 소영의 진심이었다.

"아니, 소영마마. 그게, 이거 한번 읽어봐."
"?"

준영의 성화에 소영이 노트북으로 고개를 돌렸다.

"이거 요즘 괴담 비슷한 그 사건이네? 폐가 체험하러 갔다가 사라진 대학생들. 그런데 분명 함께 간 것 같은데, 마지막 GPS는 각각 다른 지방에서. 그래서 괴담이라고들 하던 그 이야기네?"
"그런데, 이것 봐. 이 사람들 모은 사람 노트북에서 발견된 폐가 장소들. 여기 맨 위. 이거! 여기 얼마 전, 문 사장님 다녀오신 그 지역 아니야? 찍어 오신 사진이랑 비슷해."
"용골? 용골은 잘 모르겠는데. 지번 주소 보시면 아실지도 모르겠네. 산들은 비슷비슷한 것 같아 난 잘 모르겠어. 그런데 그게 왜? 난 흉가 같은 거 딱 질색이야! 절대 상관 안 해!"

소영이 입술을 삐죽대며 노트북을 준영 쪽으로 밀었다.

"다녀왔다!"
"다녀왔습니다!"

잠시 뒤, 문 사장이 복이와 가게로 들어섰다. 소영과 준영의 알은체를 받으며, 복이 간식을 주기 위해 탁자 위 간식상자를 뒤적이던 문 사장이 말했다.

"어이, 이준영이. 뭐 할 말 있지? 얼른 해. 똥 마려운 강아지 같은 표정으로 보지 말고! 동물만이 똥 쌀 때도 귀엽지, 사람은 아니다!"
"아, 진짜! 사장님도! 제가 애도 아니고! 저기, 사장님. 얼마 전에 다녀오신 그 구상건설 사장님네 선산, 거기 주소 기억하세요?"
"정확한 주소는 모르지만, 산은 알지. 그곳에선 꽤 높은 산이었거든. 산세가 좀 특이하기도 했고. 왜?"

문 사장이 준영이 보여주는 인터넷 기사 내용을 대충 훑었다.

"같은 지역이 아닌데? 주소 봐. 나는 경기도에 다녀왔는데, 여긴 강원도라고 적혀 있잖아. 이름이 같은 산은 여럿 있으니까."
"아, 그렇네요. 서로 다른 지방이네요."

문 사장과 준영의 대화를 듣던 소영이 안도의 한숨을 쉬었다.

"다행이에요. 전 이제 흉가, 폐가는 말만 들어도 무섭거든요."

소영의 말을 듣고는 문 사장이 고개를 끄덕였다.

"너희 정말 평범하게 살고 싶다면, 절대 이런 곳에 가면 안 돼! 특히 요즘 같은 때! 할머니께서 지금 소영이를 따라다니지 않으시지. 그건 너희를 귀들로 보호하는 힘이 약해졌다는 거야. 혹시나 할머니보다 강한 악귀 눈에 띄면 잡아먹히는 수가 있어. 저번 순호당 사건. 기억해. 사람 영혼을 끌어내 잡아먹는 것은 악귀한테는 일도 아니야. 애초부터 눈에 띄면 안 된다는 거야. 할머님이 너희 이곳에 자꾸 들르라고 하시는 게 어떤 의미인지 잊지 말고."

그랬다. 사실 소영과 준영은 데이트나 공부를 하러 오는 것이 아니었다. 할머니는 이번 생에서 소영의 신내림을 거두었지만, 저번 순호당 사건 때 제자의 몸을 통해 신력을 쓴 것이 아니라 그대로 신력을 사용했었다. 위쪽의 문을 여느라 많이 쇠약해진 것이다. 그래서 신줏단지에 깃들어 쉬기로 했는데, 문제는 소영과 준영이었다. 이미 귀문이 열려있는 두 사람을 전부 신경 쓸 수가 없어, 눈가림의 역할을 저승신장 붉은 얼굴의 산도깨비에게 맡겨온 것이다.
위쪽 신보다는 인간에게 관대한 산도깨비인지라

흔쾌히 받아들였다.

"노인네. 더 늙기 전에 가서 쉬시게."

라는 말로 욕을 바가지로 먹기는 했지만…….
산도깨비터에 머물며 기운을 묻히면 할머니가 눈을 가려주는 효과가 있었다. 특히 저승신장의 기운을 느낀 어지간한 귀들은 도망가기 바빴기에 소영과 준영은 평범하게 지낼 수 있었.
게다가 산도깨비가 이 두 사람을 마음에 들어 했기에 '가게 식구들'이라는 명목하에 나름 재미나게 지내는 중이었다.

"그나저나 할머니는 괜찮으신 거지?"

문 사장의 물음에 소영이 고개를 끄덕였다. 그러나 목소리에는 걱정이 묻어나왔다.

"제가 아침, 저녁 치성을 드리고는 있어요. 할머니는 그것만으로도 충분하다고 하시는데 요즘은 모습도 안 보이시고 목소리만 들려주세요. 차라리 정말 살아계시면 몸보신이라도 시켜드릴 텐데……."

"그러게, 사장님. 이럴 때 뭐 할 수 있는 것 없을까요?"

준영이 묻자 문 사장이 "나도 산 님께 한번 여쭤볼까 해. 나 때문에 그렇게 되신 거니……."라고 말을 흐렸다.

"산 님과 할머니께서 우리에게 말을 안 하셔서 그렇지, 내 생각에는 할머니… 이대로 계시면 큰일 날 것 같아. 꼭 방법을 찾아야 해."
"저희도 도울 테니 뭐든, 필요하실 때 말씀하세요. 사장님!"

문 사장과 준영의 말을 듣고는 "고맙습니다."라고 웃는 소영이었다. 한동안 가게에서 시간을 보낸 후, 소영과 준영은 산도깨비에게 인사를 드린 후 집으로 돌아갔다. 문 사장이 가게 문을 닫고 다시 한옥으로 들어서자, 산도깨비가 툇마루에 앉아 복이와 몇몇 동물령들을 데리고 놀고 있었다.

산도깨비는 이미 문 사장의 영혼을 잡았기 때문에 이 터에서 벗어날 수 있을 줄 알았지만, 역시나 아래쪽은 만만치 않았다. 할머니처럼 신력이 약해진 것은 아니지만 문 사장이 생을 끝낼 때까지 터에 계속 묶이는 벌을 준 것이다.

　복이에게는 천리안도 빌려주면서, 나에게는 괘씸죄라니!

　그 당시 마당에 벼락이 몇 번 쳤더라? 그 후, 문 사장은 더욱 열심히 술과 안주를 내왔다. 오늘도 늘 그렇듯, 부엌에 들어가 안주상을 봐 툇마루에 올리자, 산도깨비가 기다렸다는 듯 막걸리를 들이켰다.

"산 님. 할머니가 걱정되는데, 무슨 방법이 없을까요?"

　문 사장이 막사발에 막걸리를 다시 부으며 물었다. 산도깨비가 다시 받아든 술을 벌컥벌컥 들이키고는 고개를 저었다.

"나도 위쪽 신들에 대해서는 모르는 게 많단다. 게다가 할멈은 지금 신체가 신줏단지지? 큰 신이니 그것으로 그릇이 되지는 못하겠지. 그릇이 깨질 수도 있음이야."
"그릇이 깨진다고요?"
"그래. 그래서 신들이 자신을 받으라고 제자로

찍은 인간에게 신병까지 줘가며 닦달하는 것이지. 제자 몸에 깃들어야 힘을 보존할 수 있으니."
"어떻게든 방법을 찾아 봐야겠어요."
"그래. 저 상태인데 바로 위로 올라가지 못하는 것은…, 아마 말은 안 했어도 나처럼 벌이 내려진 걸 수도 있지."
"벌……. 두 분 다 저 때문에……. 죄송합니다……."

산도깨비가 막걸리를 한 잔 따라, 의기소침해진 문 사장 앞에 내려놨다.

"문가 네가 언제부터 기죽었다고. 그 시간에 다른 신들을 찾아 물어서 방법을 찾아보는 게 낫지."
"네!"

문 사장이 막걸리를 쭈욱 들이켰다.

* * *

용골. 해가 뜨기 전. 산골임에도 이 마을 사람들

은 누구도 닭을 기르지 않았다. 첫 닭 우는 소리가 없었지만, 송 이장은 새벽 해뜨기 전 항상 일어나는 시간에 눈을 떴다. 게다가 오늘은 현몽한 몸주신의 불호령에 더 일찍 눈이 떠졌다.

"주인님께서 오늘따라 기분이 안 좋으시군."

매일 찾아가서 치성을 드리는데도 짧은 밤을 못 참고 현몽까지 하시다니. 최근 귀기가 흘러넘치듯 왕성했지만, 여전히 만족을 모르는 몸주신이었다.
송 이장이 정갈하게 옷을 갈아입고 밖으로 나오자, 여전히 산에 어둠이 깔려 있었다.

"갈치야!"

송 이장의 부름에, "네!"하고 갈치가 집 바깥에 붙어 있는 곁방에서 뛰쳐나왔다. 개량 한복을 단정히 입은 모습이, 얼마 전 세련된 세미 양복을 입고 왔을 때와 달랐다. 양아치처럼 노랗게 염색되어 있던 머리카락은 들쑥날쑥 한 것이 누가 봐도 가위로 잘린 모양새였다.

"앞장서라. 가자."

"네. 이장님."

이곳에서 지낸 지가 열흘이 넘었지만, 여전히 어둠을 뚫고 산길을 걸어 치성드리러 가는 길은 무서웠다. 갈치는 귀를 막고 싶었다. 어둠도 무서웠지만. 저 비명! 산을 울리는 비명은 마치 뇌를 파먹는 것 같았다.

송 이장은 저것들을 창귀라고 불렀다. 본래 창귀란 호랑이가 잡아먹고, 인간을 꾀기 위해 갈비뼈에 붙이고 다니는 혼령이라고 했다.

"하지만 나는 산짐승에게 잡아먹힌 귀들을 다 싸잡아 창귀라고 말한다오. 요즘 호랑이가 어딨나? 허허허, 짐승에게 잡아 먹혀 이용당하면 그게 다 창귀지 뭐겠나. 안 그런가?"라고 껄껄대며 갈치에게 말했다.

'무서워! 무서워! 무서워! 무서워!!!'

아직 절까지는 꽤 남았다. 뒤에서 서슬 퍼렇게 감시하는 듯 쳐다보는 송 이장만 아니라면 귀를 틀어막고 주저앉고 싶었다.

낸 지가 열흘이 넘었지만, 여전히 어
을 걸어 치성드리러 가는 길은 무서
를 막고 싶었다. 어둠도 무서웠지만.
리는 비명은 마치 뇌를 파먹는 것 같

것들을 창귀라고 불렀다. 본래 창귀
아먹고, 인간을 꾀기 위해 갈비뼈에
령이라고 했다.

산짐승에게 잡아먹힌 귀들을 다 싸
한다오. 요즘 호랑이가 어딨나? 허
잡아 먹혀 이용당하면 그게 다 창귀
런가?"라고 껄껄대며 갈치에게 말

! 무서워! 무서워!!!'

꽤 남았다. 뒤에서 서슬 퍼렇게 감
는 송 이장만 아니라면 귀를 틀어
었다.

속 묶이는 벌을 준 것이다.

복이에게는 천리안도 빌려주면서, 나에게는 괘 씸죄라니!

그 당시 마당에 벼락이 몇 번 쳤더라? 그 후, 문 사장은 더욱 열심히 술과 안주를 내왔다. 오늘도 늘 그렇듯, 부엌에 들어가 안주상을 봐 툇마루에 올리자, 산도깨비가 기다렸다는 듯 막걸리를 들이켰다.

"산 님. 할머니가 걱정되는데, 무슨 방법이 없을까요?"

문 사장이 막사발에 막걸리를 다시 부으며 물었다. 산도깨비가 다시 받아든 술을 벌컥벌컥 들이키고는 고개를 저었다.

"나도 위쪽 신들에 대해서는 모르는 게 많단다. 게다가 할멈은 지금 신체가 신줏단지지? 큰 신이니 그것으로 그릇이 되지는 못하겠지. 그릇이 깨질 수도 있음이야."
"그릇이 깨진다고요?"
"그래. 그래서 신들이 자신을 받으라고 제자로

찍은 인간에게 신병까지 줘가며 닦달하는 것이지. 제자 몸에 깃들어야 힘을 보존할 수 있으니."

"어떻게든 방법을 찾아 봐야겠어요."

"그래. 저 상태인데 바로 위로 올라가지 못하는 것은…, 아마 말은 안 했어도 나처럼 벌이 내려진 걸 수도 있지."

"벌……. 두 분 다 저 때문에……. 죄송합니다……."

산도깨비가 막걸리를 한 잔 따라, 의기소침해진 문 사장 앞에 내려놨다.

"문가 네가 언제부터 기죽었다고. 그 시간에 다른 신들을 찾아 물어서 방법을 찾아보는 게 낫지."

"네!"

문 사장이 막걸리를 쭈욱 들이켰다.

* * *

용골. 해가 뜨기 전. 산골임에도 이 마을 사람들

'도대체 나한테 무슨 일이 일어나고 있는 거지?'

꼭두가 이곳에 자신을 버리고 간 그날. 말로만 들었던, 꼭두와 갈치가 이곳으로 옮겨온 '손님'들이 어떻게 되는지 처음으로 직접 보았다. 갈치는 어렴풋이 알고는 있었다. 이곳이 어떤 곳인지.

갈치는 전혀 알 수 없었다. 자신이 왜 이곳에 버려졌는지.

끼룩끼룩끼룩끼룩끼룩끼룩…….

뇌리로 파고드는 소리. 절이 보인다. 갈치는 고개를 숙였다. 넘어질 수도 있었지만, 이 소리가 나면 절대 고개를 들어서는 안 되었다.

"으악!"

결국 돌부리에 걸려 넘어져버렸다. 조심한다고 한 건데……. 갈치의 뒤에서 송 이장의 목소리가 들려왔다.

"괜찮나? 그러게 왜 고개를 숙이고 걸어, 산길에
  위험하게."

어느새 다가온 송 이장이 팔을 뻗어 갈치가 일어나게 도와주었다.

끼룩끼룩끼룩끼룩······. 끼룩끼룩······. 끼룩······.

소리가 천천히 잦아들었다.

'저것들, 역시 송 이장을 무서워하고 있어.'

갈치의 몸에 송 이장의 손이 닿자, 소리가 줄어들더니 잠시 후 멈추었다. 마치 겁을 먹고 도망치는 듯했다. 갈치가 일어나기 위해 고개를 들자, 꽤 넓은 산길 양 옆으로 빼곡한 나무의 형상들이 보였다. 어둠에 익숙해진 눈이 원망스러웠다.

"허억!"

어렴풋한 나무들의 형체가 보였다. 둥그런 과실을 잔뜩 달고 있는 그 모습에 갈치는 외마디 소리를 질렀다. 그 모습을 보던 송 이장이 갈치의 어깨를 한 대 툭 쳤다.

"한두 번도 아니고. 볼 때마다 소리를 지르나. 허

허. 자, 갑세."

 송 이장은 갈치를 지나쳐 앞서 걷기 시작했다.
 그와 동시에 나무들에 달려 있던 과실들이 갈치를 향했다. 과실처럼 둥그런 사람의 얼굴 형체가 나뭇가지 사이로 셀 수 없이 매달려 있었다.

 "으으으……."

 갈치는 앞서 걷는 송 이장의 뒤로 쫓아가 바짝 붙어 걸었다. 잠시 뒤, 두 사람이 사찰에 도착하자 갈치는 배운 대로 사찰 문 앞에서 합장하고 문을 열었다.
 송 이장과 함께 들어간 절 안은 아주 깨끗했다. 치성드리는 것이 끝나면 갈치가 먼지 하나 없이 청소하기 때문이었다. 갈치는 방석에 무릎을 꿇고 고개를 땅에 박았다. 송 이장의 기도 소리가 머리 위로 들려오고, 얼마 지나지 않아 비린내가 나기 시작했다. 송 이장이 기도를 마쳤을 때쯤, 그 비린내는 절을 가득 메웠다. 갈치는 헛구역질이 났지만 참았다.
 머리 위로 송 이장의 목소리가 들렸다.

 "주인님. 말씀해 주십시오. 제가 어떻게 하길 바라십니까?"

"그 찢어죽일 산도깨비! 겨우 찾은 그놈의 기색! 절대 놓쳐서는 안 된다!"
"알고 있습니다. 지금 사람을 풀어 알아보고 있습니다. 조금만 기다려 주십시오."
"서낭신은 완전히 놓친 것 같다. 아주 숨어버렸어."
"그래서 일단 다른 것을 준비해 놓으려고 합니다."
"저놈인가?"
"네. 꽤나 영기가 센 놈입니다."

분명 자신에 대해 말하고 있다. 갈치는 부들부들 떨었다.

'무서워. 무서워. 무서워.'

갈치는 감히 고개를 들지 못했다. 말하는 사람은 하나인데 대화가 오가고 있다.
왜 자신에게 두 개의 목소리가 들리는 것일까. 같은 공간. 또 다른 존재. 알고 싶지 않았다. 머리가 돌 것 같은 공포심에 갈치는 차라리 정신을 잃고 싶었다.

"어이, 갈치. 뭐하나? 일어나게."
"네? 아, 네!"

어느새 비린내가 사라져 있었다. 그제야 갈치가 고개를 들자, 송 이장이 "난 밖에서 기다릴 테니. 정리하고 나오게."하고는 밖으로 나갔다. 열린 문밖으로 어느새 동이 터오고 있었다.

갈치가 다 피운 향과 정화수 등을 치우고 청소를 끝내고 나왔다. 송 이장은 무표정한 얼굴로 반대편 봉우리를 쳐다보고 있었다.

"이장님. 다 했습니다."
"응? 그래. … 오늘부터 자네가 할 일이 있어."
"네?"
"따라오게."

송 이장을 따라 산길을 오르자 절보다 조금 위쪽으로 커다란 나무가 보였다. 아름드리나무라고 들어봤지만, 이렇게 큰 나무를 보는 것은 태어나서 처음이었다. 게다가 그 큰 나무에는 커다랗게 구멍이 뚫려 있었다. 마치 나무가 입을 쩍 벌리고 있는 것처럼 보였다. 안쪽으로 공간이 꽤 넓어서 사람 몇이 들어갈 수 있을 정도였다.

"읍읍!"

작게 소리가 들려왔다. 갈치의 눈이 커졌다. 정말 사람이 들어가 있었다. 가까이 가보니 저 사람은 분명 자신이 데리고 온 '손님'들 중 한 명이었다. 그날, 절 마당에서 죽을 만큼 두들겨 맞고 마을 사람들에게 끌려가는 것을 보았는데…….

"저기, 다른 사람들은…….'

갈치의 떨리는 목소리에 송 이장이 호탕하게 웃었다.

"허허허허! 이 사람, 뭘 그렇게 깊이 생각하나? 어차피 여기 묻으러 데려온 것 아니야. 안 그런가?"

분명 그랬다. 조직에서 사람을 죽이고 뒤처리를 하는 곳. 손님 예약의 참뜻은 묫자리 예약. 시체를 묻어도 결코 드러나지 않을 깊은 산. 용골. 그곳이 바로 이 마을이었다.

송 이장은 나무 구멍에 머리를 숙이고 들어가 입을 막힌 '손님' 상태를 확인했다.

"이놈은 생명력이 세군. 아주 좋아. 더 빼먹을 수 있겠어. 이봐 갈치! 여기서 이놈 상태를 확인하게. 죽으면 바로 말하고. 썩으면 냄새나."
"!"

송 이장이 아무렇지도 않게 "난 그만 내려가네." 하며 갈치를 지나쳐 산길로 발걸음을 옮겼다. 갈치는 나무 구멍을 한번 쳐다보고 송 이장의 뒷모습을 쳐다봤다.

많은 시간이 필요하지 않았다. 나무 구멍 안에서 끅끅거리던 소리가 조금씩 줄어들더니 오후가 되자 조용해졌다. 안을 확인할 필요가 없었다. 나무 아래 앉아 귀를 막고 있던 갈치가 벌떡 일어났다.

끼룩끼룩끼룩…….

저 소리! 손님이 내던 신음소리가 사라지자, 나무

위에서 들리는 소리가 더욱 커졌다. 갈치는 두려웠지만 감고 있던 눈을 떴다. 아무리 무서워도, 밝은 낮이라도… 눈을 감고 산길을 내려갈 수는 없었다.

"으으으……."

대롱대롱 거리는 무언가가, 갈치의 곁눈질에 스치듯 보였다. 분명 사람의 다리다. 아까까지 없었던 다리가 공중에 떠 갈치의 얼굴 옆에서 흔들리는 것이 느껴졌다.

"으아아악!!"

결국 공포를 참지 못하고 갈치가 소리를 지르며 아래로 뛰기 시작했다.

산에서 갈치의 비명을 들은 송 이장이 껄껄거리며 핸드폰을 꺼내 전화를 걸었다.

"다들, 준비하게. 이제 마지막 손님 보내드려야지."

잠시 후, 몰려든 마을 사람들은 마치 축제 분위기였다. 분주히 준비를 마친 사람들은 어느새 준비한 멍석 위에 마지막 '손님'을 올려놓고 돌돌 말았다. 갈치가 지키던 나무 구멍 속 손님이었다.

"자, 시작합세."

송 이장의 입에서 알아들을 수 없는 방언이 터졌다. 멍석 주위를 빙글빙글 돌던 송 이장이 준비해 둔 청주 한 병을 꺼내 멍석위로 줄줄 붓기 시작했다. 마을 사람들은 합장을 한 손을 연신 비벼대며 각자 하고 싶은 말을 내뱉고 있었다.

술을 다 부은 이장이 절 마당 한구석에 자리한 대나무를 꺾었다. 노인의 힘으로, 아무 장비 없이 그 억센 대나무를 꺾어 드는 것을 보며 마을 사람들의 기도 소리가 더욱 커졌다.

"돈을 벌게 해주십시오."
"신력을 내려 주십시오."
"소원을 들어주십시오."

별의별 소원이 다 나오는 것을 보며 갈치는 넋이 나갔다. 송 이장은 꺾은 대나무로 멍석에 말려 있는

'손님', 아니 시체에 매타작을 시작했다. 광기에 가까운 그 모습을 보다 갈치가 힘없이 마당 한쪽에 주저앉았다. 주저앉으며 무의식적으로 고개를 하늘로 향한 순간.

"용!!"

자신도 모르게 소리를 질렀다. 분명 엄청나게 커다란 존재가 하늘을 유영해 절 위로 앉았다. 하늘을 날다니! 그 모습은 정말 용이었다. 이것으로 용을 본 것이 세 번째였다. 갈치의 몸이 덜덜 떨리는 것을 보던 송 이장이 방언을 멈추었다. 마을 사람들도 하던 기도를 멈추고 일제히 갈치를 쳐다봤다. 그리고는 모두가 입이 찢어지도록 환하게 웃었다.

"제대로 된 제물이 내려왔네. 이런 하찮은 제물 수십보다 저것 하나가 낫지! 잡아!"

넋이 빠진 갈치를 향해 마을 사람들의 발길질이 시작되었다. 갈치는 맞으며 '억' 소리 한번 못했다. 하지만 이것 하나는 확실히 알 수 있었다. 이제 나는 나무 구멍으로 들어간다!

"으하하하, 다음 손님이 이렇게 영기가 강할 줄이야! 이제야 주인님이 기뻐하시는 소리가 들린다! 으하하하! 주인님! 신력을 주소서! 이 종이 주인님의 명을 받들 수 있게 힘과 돈을 주소서! 으하하하"

이장의 광기에 찬 목소리와 뒤이어 각자가 미친 듯이 지르는 소리를 들으며 갈치는 눈을 감았다.

2.

"예. 사장님. 지금 작업은 다 마무리가 되어갑니다. 말씀대로 마지막까지 직접 챙기겠습니다. 네."

윤 비서는 서낭목이 대형 크레인에 들어 올려지는 것을 보며 홍 사장과의 통화를 종료했다. 원래는 홍 사장이 직접 와야 했지만, 사업상 일이 생겨 최측근인 윤 비서가 지휘하게 되었다. 이제 사십 대 중후반인 윤 비서가 구상건설에 들어온 지도 올해로 십육 년이 되어간다. 말단 비서에서 지금의 비서실장 자리까지 올라오며 여러 가지 일을 해왔다.

그 전에도 서낭목이나 묘지 등을 밀어버리는 경우가 종종 있었다. 그 당시 크고 작은 사고가 일어난 것을 직접 경험해 본지라, 이번 일은 특히 신경을 썼다. 게다가 사장님의 선산이다. 한 치의 오차도 없어야 했다.

"실장님, 이제 다 끝났습니다."
"네, 수고 하셨습니다."

드디어 서낭목이 옮겨졌다. 나무를 옮기기 위해 꽤나 많은 인력과 돈이 들었는데 이제야 그 일이 끝나게 된 것이다.
서낭목 앞 준비된 제사상을 간단히 차리고 서낭신께 인사를 드리는 것으로 모든 일이 끝났다. 중장비들이 사라지는 것을 보며 윤 비서도 천천히 산길을 내려왔다. 몇 년 전 홍 사장이 선산을 정비하면서 길을 닦아 놓았었는데, 그 길이 이렇게 도움이 될 줄 몰랐다.

'그래도 일이 수월했네. 그러면 다음은……'

자신의 차에 올라탄 윤 비서가 뒷자리에 두었던 선물상자를 한번 확인했다. 홍 씨 선산의 바로 옆

산. 일명 용골. 그 용골 마을의 이장을 만나기 위해서였다.

　홍 사장은 절대 저 산으로는 가지 말라던 문 사장의 말에 신경이 쓰이던 차였다. 안 그래도 서낭목을 옮기기 위해 중장비들이 시끄럽게 해대자, 산 아래에서 노려보고 가던 마을 사람들이 신경 쓰였기 때문이다. 홍 사장이 혹시나 자신들이 못 돌보는 사이 마을 사람들이 자신의 선산으로 올라가 해코지를 할까 싶어 미리 인사 겸 경고를 해두라는 것이었다. 이런 시골은 배척이 강하기 때문에, 척지는 것보다 회유가 낫다는 것이 홍 사장의 생각이었다.

　잠시 차를 몰고 가니 마을 입구의 가게가 보였다. 윤 비서가 차에서 내려 가게로 들어서자, 가게 주인으로 보이는 노인이 조금 놀란 얼굴로 손님을 맞았다.

"어르신, 여기 이장님 댁 좀 가르쳐 주시겠습니까?"

　가게에 딸린 작은 방안에서, 얼굴만 비죽 내밀고 있던 한 씨 노인이 조금 당황한 표정으로 밖으로 나왔다.

"이런 외진 곳에는 무슨 일로……. 잠시만 기다려 보시구려."

잠시 통화를 한 한 씨가 "길 따라 쭉 올라가다 보면 산 중턱에 파란 지붕 집이 있네. 거기가 송 이장님 집일세." 말했다.

"아, 네. 감사합니다. 이것 계산 좀."
"혹시, 송 이장님네 가져갈 거면 청주가 좋네."
"아. 네. 그럼 청주 한 병 주시죠."

청주까지 사 들고 송 이장의 집 마당에 도착하자, 윤 비서는 이상한 기분에 휩싸였다. 늘 촉이 좋다고 생각해 왔는데, 지금 기분이 그랬다. 차에서 내리는 순간, 커다란 개 같은 것이 달려들 것 같은 불안감에 혹시 개나 동물이 있나 두리번거렸다.

"뭐지……. 갑자기 등골이 쎄한 것이……. 불안한데."

차에서 눈치를 보고 있는데, 집 문이 열리고 송 이장이 나왔다. 윤 비서가 마음을 가다듬고 문을 열고 나섰다.

"저는……. 헉!"
"!"

인사를 나누려던 그때, 송 이장이 손쓸 틈도 없이 윤 비서가 가슴을 부여잡고 그 자리에 쓰러졌다. 쩌렁쩌렁한 목소리가 온산에 울렸다.

"저 기운! 저승신장의 기운이다! 이 빌어먹을 산 도깨비!"

윤 비서가 손쓸 틈도 없이 쓰러지자, 황망한 표정으로 보던 송 이장이 "그, 급살! 급살이다!"라고 중얼댔다. 정신을 차리고 급히 핸드폰을 열어, 누군가에게 무언가를 지시했다. 움직임이 없는 윤 비서를 발끝으로 슬쩍 밀어봤지만, 역시나 움직임이 없었다.

"주인님! 갑자기 이러시면!"
"그 산도깨비 놈을 찾아라! 당장! 너도 죽고 싶은 게냐!"

귀가 터질 것 같은 고통에 송 이장이 무릎을 꿇고 주저앉았다. "네, 알겠습니다. 네. 주인님."이라고 허공을 향해 대답을 계속했다.

십여 분 뒤, 집으로 온 마을 사람 서너 명의 눈이 동그래졌다.

"이장님! 이게 무슨!"

그들은 마당에 쓰러져 있는 처음 보는 남자의 시신을 보고 당황한 듯 물었다. 마당에 주차된 연식이 얼마 안 된 고급 세단. 그냥 봐도 비싸게 보이는 단정한 정장. 평소 마을에서 받는 손님이 아니었다.

송 이장이 누군가의 부축을 받고 끙끙대며 자리에서 일어났다. 송 이장의 눈이 핏줄이 다 터져 붉게 변해 있었지만, 마을 사람들 누구도 놀라지 않았다.

"이장님, 혹시 주인님께서?"

누군가의 물음에 송 이장이 발치에 쓰러진 윤 비서를 발로 툭하고 건들었다.

"급살이네. 문제는 사람 하나 죽은 것이 아니지. 이놈이 어떤 놈이고 왜 왔느냐, 그리고 여기 온 사실을 아는 사람들이 누구냐는 거지. 이 산골까지 왜 기어와서는! 주인님도 노하셨네."
"얼마 전, 갈치 묻은 못자리가 있는데 거기 합장

할까요?"

"그래. 어디든 빨리 치워버려. 은섭이! 은섭이 어 딨어? 오늘 나가서 차와 핸드폰 처리해. 아니 지! 내가 직접 가야지. 주인님 심부름도 해야 하 니. 다들 잘 들으시게! 오늘 마을에 누구도 들여 서는 안 돼. 다들 죽기 싫으면! 명심들 하시게!"

* * *

준영의 눈에 가게로 들어가는 골목 입구에서 어 떤 노인이 서 있는 것이 보였다. 분명히 어제도 본 사 람이었다. 어제는 지나가는 사람이겠거니 하고 그냥 지나쳐 가게로 들어왔지만, 오늘 보니 가게 주변을 서성이고 있는 것이 확실했다. 이 짧은 골목에는 앤 티크숍 'THE MOON'만이 있다.

'저렇게 골목 안을 쳐다보고 있는 것은, 가게를 보고 있다는 것이겠지? 도대체 누구지? 손님인 가?'

아니다. 만약 손님이라면 미리 사장님과 약속을 잡거나, 복이가 알아서 마중을 나올 것이다.

'나 가게에 들어가야 하는데……. 어쩌지? 그냥 지나칠까?'

준영은 잠시 생각하다 그냥 지나치기로 마음먹고 발을 옮기려던 때였다.

"준영아! 같이 가!"

산책을 갔다 오는 길인지, 소영이 복이의 손을 잡고 걸어왔다.

"지금 왔어?"
"어, 복아 안녕? 우리 복이 잘 놀다 왔어?"
"네, 형. 왜 안 들어가요? 배고파요. 얼른 들어가요. 빨리요!"

보채는 복이 덕에 준영은 자연스럽게 노인을 지나쳐 가게로 향했다. 혹시나 하는 마음에 뒤를 돌아보니, 여전히 그 노인은 가게를 쳐다보고 있었다. 준영과 잠깐 눈도 마주쳤지만 아랑곳하지 않고 가게 창문 쪽을 바라보고 있었다.

'눈 한번 안 깜박거리네.'

좀 이상하다 싶다고 생각을 하며 가게로 들어오니, 문 사장 역시 테이블에 앉아 창문 쪽을 노려보고 있었다.

"?"

분위기를 파악한 준영이 소영을 쳐다보며 "무슨 일 있었어?"라고 작게 묻자, 소영이 모르겠다는 듯 고개를 저었다. 그 옆의 복이도 인상을 찡그리고 문 사장이 쳐다보는 창문을 바라보고 있었다.

"?"

문 사장이 "뭐지. 저 사람? 이제 갔네."라며 작게 말했다.

"사장님 무슨 일이세요?"

준영의 물음에 문 사장이 테이블로 다가오며 대답했다.

"그게, 저 할아버지. 며칠째 우리 가게를 염탐하 듯이 한참을 쳐다보고 가. 몰래 보는 것도 아니고. 아주 당당하게. 물건을 사러 온 것은 아닐 것이고."
"손녀 생일 선물 같은 걸 사러 왔을지도…, 그런 일은 없겠죠?"
"여기가 일반 가게도 아니고… 어?"

딸랑.

 문 사장이 준영의 질문에 대답을 하느라 창문에서 눈을 뗀 지 잠시 뒤, 종소리와 함께 가게 문이 열렸다.
 노인이 가게 안으로 들어서자, 갑자기 조용해졌다. 직접 대화 속 주인공이 등판할 줄은 생각 못 했던 문 사장이 잠깐 당황한 사이, 소영이 "어서 오세요."라고 노인에게 말했다. 노인은 사람 좋은 미소를 지어 보이며 고개를 한번 끄덕인 후, 물건들을 찬찬히 들여다봤다. 가게에서 파는 물건들은 여자들이 좋아할 만한 액세서리류, 그나마 그것도 몇 개 안 되었다.

"뭐 찾으시는 거라도 있으세요?"

 문 사장의 물음에 노인은 테이블에 놓여 있던 실

팔찌를 가리켰다.

"이걸 사고 싶은데, 얼마요?"

얼마 전부터 소영이 문 사장에게 배워 만든 매듭 팔찌였다. 노인이 고른 것은 판매 목적이 아니라 소영 자신이 착용하기 위해 만들어 본 것인데, 노인이 딱 집어 그 물건을 가리킨 것이다. 소영이 문 사장을 쳐다보자 "너 마음대로 해."라는 대답이 돌아왔다.

"그냥, 가지세요. 할아버지. 제가 연습 삼아 만든 거라서요."
"물건을 가져가는데 돈을 안 내면 쓰나. 허허. 그럼……."

노인이 테이블에 5만 원권 지폐 한 장을 내려놓았다.

"아니에요! 너무 많아요!"
"나는 갑니다. 좋은 물건 고맙소."

소영의 만류에도 노인은 포장도 하지 않고 팔찌를 들고 가게를 나섰다. 그 상황을 소영과 준영 뒤편에서 눈에 띄지 않게, 문 사장이 유심히 살피고 있었다.

'뭐지? 이 냄새는? 얼마 전 맡았던 냄새와 같아.'

문 사장의 미간이 잠깐 모아졌다 펴졌다.

"다들, 들어오너라. 복아 너도 들어오너라."

역시나. 자신의 터에 일어난 일을 모를 리가 없는 산도깨비였다. 방 안 상석에 앉아 있는 산도깨비는 마치 고약한 것을 봤을 때의 표정을 짓고 있었다. 복이가 들어가자마자 산도깨비의 옆에 찰싹 붙어 앉자, 나머지 세 사람도 자리를 잡고 앉았다.

"저 비린내 나는 놈은 뭐냐?"
"저도 잘 모르겠습니다. 그런데 이 비린내……. 얼마 전 홍 사장 건 때 맡았던 비린내였어요."
"산 님, 저는 아무 냄새도 못 맡았어요."

소영이 말하자 뒤를 이어 복이가 말했다.

"이 냄새. 며칠 동안 가게 근처에서 진동했어요.

이건 뱀 냄새에요. 특히 물뱀!"
"아, 그래서 비린내가 물비린내 같았구나. 소영이는 산 님의 기운이 강한 터에 있으니 못 맡을 수도 있어. 지금 산 님이 눈을 가려주시니, 원래 능력이 좀 둔할지도 몰라."

준영은 귀취를 맡지 못하지만 '물비린내'라는 단어를 듣고는, 무엇인지 알겠다고 고개를 끄덕였다.

"그냥 단순히 가게 주변을 배회하는 것은 아니에요. 가게에 진열되어 있던 물건 말고 소영이가 만든 그 팔찌를 가져갔어요. 기운을 봤겠죠. 아마 무속 쪽에 몸 담고 있는 사람일지도……."
"그래. 그런데 어지간한 신들은 다른 신의 기운이 깃든 것을 꺼려하지. 그런데 할멈과 내 기운이 묻은 물건을 골랐다는 것은 몸주신 없이 허주가 씌인 것일 수도 있고. 뱀 냄새라면 허주일 가능성이 크지."

산도깨비의 말을 듣던 준영이 입을 열었다.

"그러면 혹시, 산 님의 기운을 따라온 거 아닐까요? 사장님이 냄새를 맡은 곳이 그 선산이라고 했으니, 그곳에서부터 따라온 것이 아니라면 갑자기 이럴 수는 없잖아요. 게다가 산 님 정도의 기운이면 어지간한 귀나 허주는 얼씬 못하는데, 가게에 들어오기까지 했으니……."

준영의 의견에 문 사장도 고개를 끄덕이고는 목소리에 힘을 주어 말했다.

"의도가 있는 것이지. 분명한. 복아! 당분간 이 냄새에 집중해줘. 맡으면 바로바로 말해야 해. 그리고 다들 조심하자."
"네, 사장님!"

차 안에 앉아 팔찌를 찬찬히 살피던 송 이장이 만족스럽게 허허 웃었다.

"이런 이런. 직접 와보길 잘했군. 이런 귀인을 만날 줄이야. 허허허."

송 이장이 만족스럽게 웃고는 팔찌를 주머니에 넣었다. 그리고 다른 주머니에서 비닐에 싼 핸드폰을 꺼내 비닐째로 눌러 전원을 켰다. 켜진 핸드폰에는 부재중 통화가 수십 통 와있었지만 송 이장은 신경 쓰지 않았다.

"요즘 기계들은 참 편하단 말이야."

지문인식이었지만 죽은 윤 비서의 엄지를 데고 곧장 풀 수 있었다. 구상건설의 비서였다는 사실이 골치가 아팠다.

'뭐, 마지막 발견지가 집 근처인 게 용골보다는 낫겠지. 실제로 용골 옆 선산에서 일을 보고 서울로 가려던 참이었으니, 자택 근처에서 차와 핸드폰이 발견되는 것이 혹시나 경찰조사가 시작되면 의심을 피할 수 있겠지.'

CCTV가 없는 사각지대에 차를 댄 이유가 이것이었다. 지문이 묻지 않게 조심히 꺼내 차 안에 두고 문을 닫았다. CCTV가 없는 곳으로 슬슬 걸어 정류장 쪽으로 발을 옮기며, 차 키는 눈에 보이는 쓰레기통에 버렸다.

* * *

며칠째 연락이 되지 않는 윤 비서 때문에, 홍 사장과 윤 비서의 가족들은 경찰 조사를 의뢰했다.

윤비서의 집 근처에서 차를 발견했지만 사람은 찾을 수 없었다. 실종자가 성인이기 때문에 경찰은 가출로 가닥을 잡고 수사를 시작했다. 가출이라고 경찰이 단정을 짓는 순간 조사 순위나 중요도가 밀린다. 이것을 알고 있던 홍 사장이 인맥을 통해 알아봤지만, 더 이상 나올 게 없다는 대답만을 들었다.

"김 선생. 내가 하도 답답해서. 윤 비서가 어떤 사람인지는 김 선생도 알지 않소. 그런 사람이 가출? 술 한모금도 안 하는 모범생 같은 사람인데."

답답한 마음에 홍 사장이 문병을 이유로, 그제 퇴원한 김 선생의 신당을 찾았다.

"저도 윤 비서가 사라졌다고 했을 때 놀랐습니다. 그래서 기도를 올렸는데……."

꼬리를 흐리는 김 선생의 말에 홍 사장은 위화감을 느꼈다.

"말 좀 해보게. 왜 무슨 안 좋은 일이라도 생긴 건가?"
"윤 비서……. 아무래도 이미 이 세상 사람이 아닌 것 같습니다."
"나도 그 생각을 안 한 것은 아니지만. 갑자기 사라지다니, 윤 비서가 죽을 이유가 없어. 처자식이 있고, 나와 마지막 전화할 때에도 별 이상한 점이 없었네. 경찰이 찾지 못하면 나라도 찾아봐야지. 죽었다면 시신이라도 찾아야 할 게 아닌가. 방법이 없겠나?"

수족 같은 사람이다. 모든 것을 터놓을 수 있는 측근이었다. 개인사든 사업상 일이든. 많은 것을 의지했었다. 그런 윤 비서의 실종이 혹시 자신의 사업 때문이 아닐까 하고 홍 사장은 생각했다.

"내가 요즘 하고 있는 사업 때문에, 혹시 납치라던가……."
"제가 드릴 수 있는 말은 이것뿐입니다. 윤 비서는 죽었습니다. 문제는 제대로 죽은 것이 아닙니다."
"그게 무슨 말인가?"
"기도를 올렸을 때, 사자가 나왔습니다. 헤매고

있었습니다. 윤 비서의 혼을 못 거둔 것 같습니다. 제대로 죽었다면 사자가 헤맬 이유가 없는데…, 아무래도 혼이 어딘가에 묶여있는 것 같습니다. 이런 일은 극히 드물지요."
"그러면……."
"제가 맡은 냄새. 사자에게서도 나던 비린내. 예전부터 말씀드리던 홍 씨 가문 선산의 옆 산. 그 산에서 풍기는 냄새와 같았습니다. 사자에게 그 냄새가 난다면 영혼을 가지러 그쪽에 머무는 것일 수도 있습니다."

홍 사장이 고개를 끄덕였다.

"마지막 나와 통화한 게, 우리 집 선산 서낭목을 옮기는 날이었지. 그렇다면……."
"어차피 서낭제를 하러 가야 하니, 제가 가보겠습니다. 윤 비서…, 시신은 몰라도 혼은 보내야지요."

홍 사장은 알겠다며 고개를 끄덕였다.

다음 날, 홍 씨 가문 선산. 김 선생은 서낭제를 하

기 전, 일단 옮겨진 서낭신의 기분을 살피기 위해 서낭목으로 향했다.

"그 문 사장인가 하는 사람이 제대로 해놨군."

김 선생은 옮겨진 서낭목을 찾아, 기도를 올렸다. 자신은 이렇게 치성을 드려야 모습을 드러내는 신인데, 그 문 사장은 곧바로 아무 준비 없이 대화했다고 들었다.

'어린 사람이 대단하구먼. 허허.'

모습을 나타낸 서낭신은 김 선생에게 많은 이야기를 해줬다. 잠자코 듣던 김 선생은 서낭신과 몸주신의 "너도 조심하거라."라는 당부의 말을 끝으로 접신을 끝냈다. 신들의 말은 구체적일 때도, 비유를 할 때도 있다. 이번에는 구체적이었다.

흉산에 절대 발을 들이지마라.

그러나 김 선생은 신들의 경고에도 옆 산. 용골로 발을 들이기로 했다.

'시신은 인간들의 영역이지만, 혼은 다르지. 내가 아니면 불쌍한 그 사람의 넋은 원귀가 되어 구천을 떠돌 수 있음이야.'

마을 입구, 작은 구멍가게가 보였다. 김 선생은 천천히 걸어서 가게로 향했다. 일부러 발걸음을 늦춰 주변을 살폈다. 가게와 마주한 곳에 무언가의 기운이 느껴졌다. 기운이 느껴지는 곳으로 발을 옮겨 두리번거리며 무언가를 찾기 시작했다.

가게 앞 평상에 앉아 김 선생을 관찰하던 한 씨 노인이 작게 껄껄 웃었다.

"오, 보이는 건가? 아니면 느낀 겐가? 저렇게 '나 잡아잡수', 하고 오는 사람은 오랜만이네."

가게 근처에 기운이 가득한 그 무언가는 영안, 신기 또는 영기가 강한 사람이라면 반드시 느낄 수 있도록 송 이장이 설치해 놓았다. 그것에 반응하면, 일반인보다 영기가 충만한 사람인 것을 쉽게 알 수 있었다. 김 선생에게 눈을 떼지 않고 송 이장에게 전화를 걸었다.

"네, 네. 허허. 주인님 마음에 드셔야 할 텐

데······. 네, 알겠습니다. 이장님."

통화를 끝낸 한 노인이 씨익 웃었다. 잠시 뒤, 김 선생이 가게 앞을 지나가려 하자 한 노인이 그를 불러 세웠다.

"처음 보는 분인데, 어디 가십니까?"
"이곳에 작은 사찰이 있다고 들었는데, 혹시 어디인 줄 아십니까?"
"아, 그곳. 알다마다요."

한 씨 노인은 친절하게 가르쳐 주었다. 김 선생의 "감사합니다."라는 말에 "무슨, 조심히 올라가시오."라고 답했다.

김 선생은 부지런히 걸어 산 초입부에 다다른 후, 산꼭대기를 올려다봤다.

"저기군. 아주 음험한 기운이 가득하군."

산에 가까워지며 오들오들 떨릴만큼 강한 음기와 귀기가 느껴졌다. 용이 났다는 용골. 하지만 상서로운 이름과는 다르게 귀기를 내뿜고 있었다. 김 선생은 정신을 다잡고 경을 외며 산을 오르기 시작했다.

"자, 손님 맞이하러 가세."

송 이장의 말에 마을 사람들이 하나둘 김 선생이 지나간 길을 뒤따르기 시작했다.

"으억!"

어느새 피범벅이 된 김 선생이 기절을 하자, 마을 사람들이 매질을 멈추고 송 이장의 명령을 기다렸다.

"이놈은, 이대로 나무로 데려가게. 이놈은 박수라 금줄을 쳐야겠어. 신기가 빠져나가지 못하도록. 얼른! 서두르게! 최대한 나무 안에서 오래 버티게 해야 해!"
"네, 이장님!"

마을 사람들은 김 선생을 거적에 둘둘 말아 리어카에 싣고 나무로 향했다. 송 이장은 들뜬 얼굴로 집

안으로 들어왔다. 얼마 전, 사용하고 남은 금줄을 챙기며 껄껄댔다.

"얼마 전, 갈치를 나무에 넣을 때 만들어 두었던 금줄이 이리 요긴하게 쓰일 줄은 몰랐는데. 갈치도 주인님을 알아볼 정도의 영기가 있었고. 저놈은 박수고. 주인님은 늘 배가 고프신데, 오늘은 배가 부르시겠군. 허허."

송 이장이 도착했을 때, 이미 나무 구멍 안에 김 선생의 몸이 들어가 있었다. 오래 천천히 죽여야 했기 때문에, 멍석에 묶어 넣어뒀다. 혹시나 정신을 차려 멍석을 치우고 내려오면 안 되기 때문에 미리 손도 잘 묶어 두었다.

"자, 시작하세."

송 이장의 말을 시작으로 마을 사람들이 합장한 두 손을 빌며 기도를 시작했다. 송 이장은 가지고 온 금줄을 아름드리나무에 둘둘 감으며 노랫말 읊조리듯 기도를 시작했다. 나무 구멍까지 칭칭 금줄을 감으며 목소리에 더욱 힘을 주자, 마을 사람들도 더 큰 소리로 기도를 했다. 그 모습이 마치 악을 쓰는 것 같앉았다. 그 기도에 답하듯, 하늘에서 검은 형상이 아름드리나무 위로 내려앉았다.

송 이장이 그 모습을 보고, 얼른 기도를 멈춘 후, 땅에 머리를 박았다. 남은 마을 사람들도 다 같이 송 이장을 따라했다. 그 모습을 흡족하게 보며 검은 용이 눈을 반짝였다.

5.

시끌벅적한 대학로 뒷길. 앤티크숍 THE MOON의 문 앞에서 사십 대 후반으로 보이는 남자가 어슬렁거렸다.

"이곳은 젊은 사람들이 드나드는 곳인데, 이장님은 왜 이런 곳을 나한테 맡기신 거지?"

남자는 한숨을 쉬었다. 삼십 대 초반에 까지기 시작한 이마가 벌써 머리통의 반을 넘어, 실제보다 훨씬 나이가 들어 보였다. 외모로는 형님이지만 나이로는 용골에서 제일 어린 도상운이었다. 나이가 어리다는 이유로 이렇게 가끔, 송 이장의 명령으로 도시에 나올 때가 많았다.

이십 대 때, 젊은 혈기에 사람을 찌르고 경찰의 눈을 피해 산골 오지로 숨은 곳이 지금의 용골이었다. 시골 마을이라 우습게 보고 칼을 들고 위협하다 되레 죽기 직전까지 맞았더랬다. 그 후, 거기 마을 사람들 특히 송 이장이 어떤 사람인지 알고는 무릎 꿇고 무조건 살려달라고 빌 수밖에 없었다. 도상운은 송 이장에 대한 두려움만 아니라면 이런 종류의 심부름은 하고 싶지 않았다.

'양밥이라니. 잘못되면 나한테 살이 내리는 것 아냐?'

이십 년 가까이 봐온 송 이장의 신기는 정말 용했다. 마을 사람들 앞에서 손님들에게 직접 살을 내려 그 자리에서 고꾸라지게 하는 것을 몇 번이나 봐왔다. 사람들은 알지 못한다. 신이 정말 존재한다는 것을. 도상운은 들고 있던 작은 유리병을 손안에서 만지작거렸다.

'기왕 해야 하는 거면 빨리 끝내고 돌아가자!'

도상운은 빠르게 다리를 움직여 가게 앞 작은 화분을 움직였다. 뒤에 보이지 않게 유리병을 놓고 그곳을 빠져나왔다.

복이는 창밖에서 도상운이 하는 짓거리를 다 보고 있었다. 강아지령답게 코가 좋은 복이는 새벽부터 풍겨오는 비린내를 맡았다. 점점 더 가깝게, 강해지는 비린내에 한옥에서 나와 가게에서 기다리고 있었던 것이다. 강아지령답게 복이는 손님맞이가 특기였다.

"이번 손님은 나쁜 사람이네."

생각보다 강한 양밥의 기운에 복이는 손으로 만지기를 포기했다. 강아지령답게 경계심이 남다른 복이였다. 그래서 일단 한옥으로 돌아와 산도깨비에게 이 사실을 알렸다.

이날 아침, 가게에 와 복이와 산도깨비에게 새벽의 일을 듣고, 문 사장이 빠르게 움직였다. 가게 안 캐비넷에서 오색실 묶음을 꺼내고, 산도깨비의 기운이 묻은 보자기를 꺼냈다.

"이 정도면 되겠지. 아무리 살이 껴도 이곳은 산님의 터니까. 어차피 나한테는 살 같은 것은 별 문제도 아니고."

살이나 저주 등이 전부 관통하는 문 사장에게 이런 비방은 필요가 없었지만, 이 살이 애먼 곳으로 튕겨질 수도 있기 때문에 포장하듯 싸버리기로 했다.

"일단, 소영이 준영이가 드나드니까. 조심해서 나쁠 것은 없지. 그런데 도대체 누구지? 겁도 없이 산도깨비 터에 양밥을 놓는 간 큰 인간은?"

쪽문을 열고 한옥으로 들어가자 기다렸다는 듯, 산도깨비가 마당에 서 있었다.

"산 님."
"오냐, 그것 여기 내려놓거라."
"아침부터 이게 무슨 일인지. 여기."
"이것은 뱀 허물로 만든 양밥이군. 냄새만 맡아도 알 수 있지. 게다가 악질이야. 살을 내리려던 것이니."
"그러면 제가 표적인가요?"
"너 아니면 누구겠냐. 문가, 너 잘 생각해 보거라. 너 누구에게 원한 살 일 있었느냐?"
"그런 일은 너무 많아서……."
"그럼 역시 표적은 너로구나. 이 냄새…, 그 산에

다녀온 후 네게 묻어온 냄새와 같아. 그곳에서 무슨 일이 없었는지 잘 생각해보거라. 요즘 계속 이 비린내 때문에 머리가 아플 지경이다."
"정말 별일 없었는데요. 산 님이 그 옆 산은 흉산이니 발을 들이지 말라고 하셔서 아예 생각도 안했고요. 이 냄새가 왜 저를 따라 다니는지 모르겠네요."

문 사장이 다시 그때의 일을 회상했지만, 특별한 일이 없었다.

"어쩌면 그때 산귀가 서낭신을 잡아먹으려다 놓치니, 너를 노렸을 수도 있다. 그런데 귀나 신이 저런 병쪼가리를 들고 다니지는 않을 거란 말이지."
"그 말씀은 그 흉산, 산귀가 부리는 사람이 있다……. 혹시 무당이나 법사일지도 모르겠네요. 산귀를 몸주신을 모시는."
"그래. 그때, 그곳에 경고의 의미로 내 기운이 묻은 팔찌를 걸어두었잖느냐. 아마 그 기운을 찾아 여기까지 온 것이겠지. 따라오더라도 내 기운을 보면 도망갈 것이라고 생각했는데. 가당치도 않게…… 감히 내 터에 양밥을 놓고 가?"

"그쪽에서도 이 양밥의 기운을 따라 자신들을 드러내는 것일 텐데, 왜 이렇게까지…….."
"그건 모르겠고. 이것에 대해서는 이미 동티를 내렸다."
"벌써요?"

양밥. 저주가 실패하면 배로 돌아간다. 이 양밥은 실패다. 게다가 살을 내리는 양밥. 그러면 저승신장 붉은 얼굴의 산도깨비 동티라 함은…….

"그 사람. 오늘 초상 치르겠네요."

* * *

신은 냉정하다.

'이쪽 신이든 저쪽 신이든 가차 없다.'라고 생각하며 송 이장이 기도를 마쳤다. 도상운이 심장마비로 버스 안에서 발견되었다는 연락을 받고, 곧바로 기도에 들어간 송 이장이었다. 역살은 이미 예상했던 것이라, 양밥을 만드는 것도 놓아두는 것도 직접 하지 않고 도상운의 손으로 하게 했었다.

"허허. 이렇게 곧바로 역살이 들어올 줄은 예상 밖인데, 그 산도깨비 성미가 아주 급한가 보군."

송 이장은 신당의 문을 닫고 나와 거실의 소파에 편하게 앉았다. 나이가 들수록 오랜 기도는 몸을 굳게 했다. 스트레칭을 한번 한 후, 핸드폰을 꺼내 며칠간 도상운이 찍어 보낸 사진들을 열었다.

"돋보기가 어딨나······. 이놈의 노안. 얼굴이 보이지 않네. 이래서 늙으면 서러운 게지."

소파 옆 협탁에 올려놓은 안경을 쓰고는 다시 사진에 집중했다.

"응? 이건 뭐야?"

사진을 확대해 뚫어져라 보던 송 이장의 눈에 준영과 소영이 들어왔다. 자신이 가게에 갔을 때 보았던 사람들이다. 그곳에 오래 머물 수 없어 급히 나오느라 기운을 읽지 못했는데, 사진만으로도 느껴질 만큼 강렬했다.

"뭐지? 이 물건들은? 허허."

사람 좋은 웃음소리와는 별개로 표정은 무척 진지했다. 꽤나 고심하던 송 이장이 씨익하고 웃었다.

"이거, 어쩌면 가능할지도."

송 이장은 어딘가로 전화를 걸어 "지금 보내주는 사진들. 이 사람들 조사 좀 해주게. 최대한 빨리."라고 말하고 통화를 끝냈다.

송 이장은 채비를 하고 절로 향했다. 절로 들어가기 전, 합장을 하고 짧은 기도를 했다. 문을 열고 들어선 절의 안은 일반적인 절간의 모습이 아니었다. 외간만 절일 뿐, 안은 뱀, 용의 탱화들이 자리한 신당이었다. 이곳은 송 이장의 집 안에 있는 신당과는 또 다른 곳이었다. '주인님'과 직접 소통을 위해서는 이 신당으로 와야만 했다.

"왔느냐."

성격 급한 주인님이었다. 아까의 기도로 벌써 자리 잡고 있었다.

"주인님. 말씀대로입니다. 바로 반응을 하더군요. 이제 이 종놈은 무엇을 해야 할까요?"
"그 더러운 산도깨비 놈. 내가 승천을 못하고 이 산에 묶인 게 다 그놈 때문이다. 찢어 죽여버릴 것이다."
"하지만 알아본 바로는 그 산도깨비도 터에 묶여 있었습니다. 게다가 그 터에서는 신력을 다 쓸 수 있는 것 같고. 얼마 전, 새우니 하나가 그 터에서 벼락 맞아 사라졌죠. 그런 강한 터주를 용골로 끌고 올 수가 없는데…… 어떤 방법이 있을는지요."
"그때, 서낭신만 잡아먹었으면 되었는데. 원통하군. 이 산에서 빠져 나가려면 아직 힘이 모자라니……. 눈앞의 원수를 보고도 죽일 수가 없으니 원통하고 또 원통하구나. 내 모든 힘을 그 놈을 죽이는데 써도 모자람이 없을 것이다! 반드시 방법을 찾을 것이야!"

마지막 호통에 절이 흔들거렸다. 아니. 땅이 진동했다. 이 산의 주인이 온 몸으로 울부짖고 있었다. 실제로 땅이 흔들릴 정도의 힘인데, 힘이 닿지 못하는 그 작은 한옥. 그 터의 주인, 저승신장이라고 불렸다던 붉은 얼굴의 산도깨비. 그리고 그 옆의 사람들.

닳고 닳은 노인인 송 이장에게 새로운 목표가 생기는 순간이었다.

'내 생각이 맞는다면 주인님의 신력이 반드시 필요하다.'

송 이장은 보이지 않게 히죽거리며, 눈앞의 주인에게 절을 올렸다.

* * *

홍 사장이 직접 문 사장에게 전화를 해와, 문 사장은 살짝 놀랐다. 사업 때문에 바빠 서낭목을 옮기는 날도 직접 가지 못한다고 했을 때, 걱정을 좀 했던 문 사장이었다.

"서낭신이 주체 되는 자가 오지 않아 삐치셨나?"라는 정도로 생각하고 있었는데, 직접 만나 들은 이야기는 더욱 심각했다. 비방 후 A/S는 문 사장의 선에서 끝내는 편이었지만, 사안을 듣고는 홍 사장을 데리고 한옥으로 들어갔다. 작은 미닫이문을 열고 고개를 숙여 두 사람이 들어가자, 이미 산도깨비가 상석 방석에 올라앉아 있었다.

홍 사장은 그간의 이야기를 꺼냈다. 윤 비서의 실종, 그리고 며칠 전부터 연락이 끊긴 박수무당 김 선생의 일까지. 가족이 아니기 때문에 경찰 조사에 대한 압박도 한계도 있었고, 아무리 생각해도 선산과 그 옆 흉산에 관련된 일이 아닌가 하는 것이 홍 사장의 의견이었다.

"김 선생은 오래전부터 제 사업에 도움을 받던 박수입니다. 좋은 분입니다. 예정되었던 서낭제만 지낸 후, 퇴송굿을 준비하던 분인데……. 그분도 연락이 끊겼습니다. 따로 가족이 없어 경찰 신고도 제대로 못했고요."

홍 사장은 측근 두 명이 소리 소문 없이 사라진 것이 자신 때문인 것 같다며 괴로워했다. 사실 문 사장이 맡을 만한 일이 아니었다. 문 사장이 하는 일은 퇴마. 그것도 산도깨비의 힘을 운용하는 것이기 때문에 이런 종류의 일과는 무관했다.

"홍 사장님. 제가 무당이라면 신기로 무엇이라도 단서를 찾을 수도 있었겠지만……. 제가 어떻게 해드릴 수가 있을지 솔직히 모르겠습니다."

문 사장이 단도직입적으로 말했다. 이런 경우 확실히 말해야 한다.

"저는 아무 능력이 없습니다."

문 사장의 말에 홍 사장이 알고 있다는 듯 고개를 끄덕였다.

"네, 압니다. 문 사장님에 대해서는. 처음부터 말씀하셨으니……. 혹시나…, 혹시나 해서 와봤습니다. 이런 쪽으로는 김 선생 외엔 아는 사람이 없어서요."
"그렇군요."

문 사장은 김 선생이라는 사람은 잘 모르겠지만, 몇 번 얼굴을 마주쳤던 윤 비서를 생각하니 마음이 쓰였다. 그런 사람이 실종에, 죽었을 가능성까지.

"혹시… 홍 사장님 사업과 연관된……, 악심을 품을 만한 주변인의 소행이 아닐까요?"
"처음에는 저도 그렇게 생각했지만, 요즘 세상이 어떤 세상인데요. 깨끗하다고는 못하지만 주변 사람이 상할 정도로 더럽게는 하지 않습니다.

요즘은······."
"요즘은······."

양복 입은 남자들에게 케이가 두들겨 맞던 것을 생각하며 문 사장이 고개를 끄덕였다.

"네, 때릴 놈은 때려야죠."
"?"

의구심 어린 홍 사장의 표정에, 본심이 입 밖으로 나온 문 사장은 아차 싶었다.

"혼잣말입니다. 혼잣말."

손사래 치는 문 사장을 쯧쯧하며 쳐다보던 산도깨비가 입을 열었다.

"문가야, 네가 가보거라. 그 흉산, 아무래도 그 산괴는 나에게 볼일이 있을지도 모르겠구나. 그곳에 두었던 내 기운이 끊긴 지 한참이다. 서낭신도 옮겨졌겠다 신경 안 쓰고 있었는데, 일부러 누가 끊었다면 말이 다르지."
"의도가 있다는 말씀이네요. 네, 알겠습니다."

방 상석을 향해 혼잣말을 하는 문 사장을 보며 홍 사장이 눈치껏 끼어들었다.

"제발, 한번이라도 좋으니 도와주십시오. 사례는 얼마든지 하겠습니다."
"사례요?"

문 사장의 눈이 반짝이는 것을 보고는 "돈귀는 뭐하나, 문가 안 잡아가고."라고 산도깨비가 중얼거렸다.

* * *

"이 건방진!"
"사장님!"

놀란 준영이 넘어진 소영에게 뛰어가 일으켜 세웠다. 놀란 소영이 어버버대며 말을 못 하자, 문 사장이 소리쳤다.

"너희! 얼른 가게로 들어가! 복이 데리고! 얼른!"

얼굴을 보지 않아도 목소리만으로 문 사장이 얼

마나 화가 났는지 알 수 있었다. 준영은 소영과 복이의 손을 잡고 빠르게 가게 안으로 들어갔다.

이곳이 제일 안전하다!

문 사장이 손에 쥔 주물을 박박 찢었다. 이건 명백한 도전이다. 문 사장에게 살이나 저주가 통하지 않는다는 것까지는 몰랐던 모양이었다. 문 사장이 가게 앞에 죽어있는 고양이들을 맨손으로 거두어 가게로 들어서자, 소영과 준영이 심각한 표정으로 뒤를 따랐다.

준영이 열어준 쪽문으로 마당에 들어서자, 이미 산도깨비가 거대한 모습으로 변해 있었다. 붉은 얼굴이 더욱 붉어져 있는 것이 문 사장만큼 화가 난 것이 분명했다.

"이것들이! 내 이것들을 가만두지 않을 것이다! 당분간 너희도 조심하거라. 이 정도 살을 날릴 정도라면 만신만큼의 힘이나 연륜이 있겠지. 단순히 허주나 악귀를 모시는 수준이 아니야. 게다가 여기를 드나드는 길고양이를 죽여 사용하다니! 불쌍한 것들……. 그 더러운 것! 내려놓거라!"

문 사장이 손에 들고 있던 양밥의 주물을 마당 한가운데 내려놓았다. 죽은 고양이들의 피가 잔뜩 묻어 있는 그 흉물을 향해 번개가 내리꽂혔다.

그 시각, 송 이장의 입에서 피가 흘러나왔다. 꽤 강한 살을 세긴 주물이었으니 역살을 각오했지만, 생각보다 더 타격이 컸다.

"쿨럭!"

입에서 계속해서 피가 흘러나왔다. 송 이장이 옆으로 고개를 돌리자, 멍석에 둘둘 말린 김 선생의 입에서도 피가 흐르는 것이 보였다.

"살맞이 제물을 여럿 세웠는데도 이 정도의 역살이 올 줄이야. 그나마 저 박수가 없었으면 이 정도로 끝나지 않았겠지. 그래도 이것으로 확실하게 확인했군."

송 이장이 부들부들 떨리는 다리에 힘을 주고, 금줄을 손으로 들고 나무 구멍에서 기듯이 나왔다. 밖에서 기다리고 있던 신 아들 은섭에게 말했다.

"은섭아, 이 박수무당 놈, 아직 쓸모가 있으니 죽이면 안 돼. 멍석 치우고 집으로 데려가거라. 미음도 좀 쑤어서 먹이고. 나머지 것들은 사람들 불러 처리하고."

"네, 아버지."

은섭이 김 선생을 리어카에 옮겨 집으로 향하는 것을 본 후, 송 이장은 산길을 천천히 내려가 절로 향했다.

"허허 참, 전부 다 제대로 된 물건들일세. 허허허. 저게 말로만 듣던 '빌어 태어난 아이'로구나. 저 귀한 물건을 이렇게 발견하다니. 운이 좋군. 쿨럭······."

다시 한번 크게 기침을 하자, 단정한 개량 한복 위로 피가 쏟아졌다. 심각해 보이는 상황에도 뭐가 그리 좋은지 히죽히죽 웃는 송 이장의 모습이 마치 야차 같았다.

절에 도착 후 합장을 하고 기도를 올린 뒤, 문을 열자 역시나 산의 주인이 눌러앉아 있었다. 신들은 깨끗한 것을 좋아한다고 했던가, 그러나 이 산의 주인은 달랐다. 피를 좋아하고 더러운 것을 탐했다.

"그래, 네 꼴을 보니 알만하구나. 나야 그 산도깨비 놈 속을 긁을 수 있어서 좋았지만, 너는 왜 역살을 직접 맞으면서까지 그 짓을 한 것이냐? 살맞이 제물은 얼마든지 있는데."

"직접 확인해야 할 것이 있었습니다. 괘념치 마십시오, 주인님. 하찮은 일입니다."

"방법을 찾아라."

"네, 주인님. 조금만 더 기다려 주십시오. 길을 찾을 수 있을 것 같습니다. 그때를 위해 신력을 아끼십시오."

"내 곧 현현하리라."

송 이장은 오랫동안 모셨던 자신의 몸주이자 이 산의 진정한 주인의 의중을 읽었다. 직접 말은 하지 않았어도 서로 느껴지는 것이 있다. 이것이 몸주신과 제자의 끈이겠지만, 송 이장은 결코 자신의 의중을 들키지 않았다. 깊은 숨을 몰아쉬며 마음을 한 번 더 가다듬었다.

송 이장이 집으로 돌아오니. 은섭이 소파에서 일어나 송 이장을 부축해 소파에 앉혔다.

"아버님, 여기."
"아, 내 안경이……."

안경을 찾아 쓰고 은섭이 건넨 서류봉투를 열었다. 안에는 서류와 스무 장 남짓으로 사진도 몇 장 있었다.

"전문가는 다르군. 돈 준 만큼 일을 하네. 허허. 도 씨가 죽으니 이런 심부름시킬 사람이 마땅치 않아… 쯧쯧. 당분간 은섭이 네가 고생 좀 해야겠구나."
"네, 아버지."

사실상 용골은 범죄자로 이루어진 마을이었다. 아직 공소시효가 끝나지 않은 이들도 여럿 있었다. 그나마 제일 어린 도 씨가 부리기 좋았는데 역살로 죽자, 요즘은 송 이장의 신아들 은섭이 도시를 오가며 심부름을 맡았다.

"흐음, 산도깨비터를 들락날락할 정도라면 비호를 받는 것일 테고. 그게 아니라면 터를 누를 수 있다는 것인데…, 이 문 사장이란 물건은 둘 중 무엇인지 잘 모르겠지만, 특이한 체질은 확실하니 쓸모가 있겠어."

아까 살을 내려 확인한 귀한 체질. 그리고 또 다른 사진에는 소영의 모습이 있었다.

"이 물건의 이름은… 이소영, 흐음. 네가 직접 보니 어땠냐?"
"아주, 강하고 맑은 기를 두르고 있었는데, 신기하게 그것에 더해 산도깨비의 기운까지 두르고 있었습니다. 제가 본 사람 중에는 단연 최고의 그릇이었습니다. 집 근처로 갈수록 원기가 강해지는 것을 보니 몸주신은 그곳에 있는 것 같았습니다."
"산도깨비와 신의 기운을 함께 담고 있다고? 분명 기운이 충돌할 텐데……."

그릇에 다른 종류의 힘이 담기면 깨질 수가 있다. 이런 경우 육체든 정신이든 온전치 못한 것이 일반적인 것인데…, 송 이장의 궁금증에 은섭이 대답했다.

"전혀 문제가 없어 보였습니다."
"그 말은 그 힘들을 담아도 아무 문제 없는 강하

고 큰 그릇이라는 것이군. 하나는 하늘의, 또 다른 하나는 저승의 기운이라……. 대단한 물건들이 그곳에 모여 있구나."

송 이장이 잠깐 생각에 빠졌다. 산도깨비터에서 놀 만큼 송 이장은 정신이 나가지 않았다. 벼락 맞기 십상이지, 암. 결국 그 말은 그 물건들을 이 용골로 불러들여야 하는 것인데…….

"한번 생각을 해보자. 허허, 내가 나이를 허투루 먹은 것은 아니지."

송 이장이 사람 좋은 얼굴로 은섭을 향해 웃어보였다.

"참, 아까 그 박수, 한 번 더 써먹어야 하니 잘 채비시켜 놓거라. 확실히 몸주신까지 함께 가두니 쉽게 안 죽는군. 아주 좋아. 허허허."
"예, 아버지."

저 멍청한 놈이, 감히 누구 머리 위에 올라서려고.

산주인은 조용히 크르렁 거렸다. 똬리 틀고 있던 거대한 몸을 둥글게 한번 움직인 후, 마치 뱀처럼 고개를 들었다. 검은 몸뚱이는 뱀과 비슷한 형상이지만, 머리에는 뿔과 기다란 수염이 있다. 그렇다고 일반적으로 알려진 용의 모습 또한 아니다. 갑주처럼 강해 보이는 커다란 비늘 아래로 창귀들이 주렁주렁 달려 있는 모습은, 호랑이가 잡아먹고 된 창귀의 수와 비교가 되지 않았다. 움직임에 따라 괴롭다는 듯 흐느끼는 귀들의 머릿수가, 그동안 얼마나 많은 제물을 잡아먹고 살아왔는지 여실히 보여줬다.

용이 되지 못한 이무기의 말로였다. 신수가 귀수로 변하는 것은 한순간이었고, 한 때 신수였던 이곳 산주인은 지금 매우 허기가 졌다. 이 허기는 산도깨비를 인지하며 더욱 심해졌는데, 이제는 인간의 음기나 영혼 따위는 감히 들이밀지 못할 정도가 되었다.

어리석은 것. 감히 내 눈을 가리려고 하다니.

이래서 인간은 어리석다고 산주인은 생각했다. 어찌 신의 제자가 몸주신을 그리 모를 수 있는지. 그 오랜 세월을 함께 하면서도, 스승과 제자는 서로 속고 속여 이득을 취하는… 겨우 그 정도의 관계일 뿐

그 이상도 그 이하도 아니었다. 게다가 겨우 백 년도 못사는 인간이 수백, 수천 년을 사는 영수를 속일 생각을 하다니, 산주인은 헛웃음이 날 지경이었다.

그런 산주인의 눈에 산도깨비터의 강한 신가물이 들어왔다. 송 이장은 자신의 눈으로 산주인이 무엇이든 볼 수 있다는 생각을 하지 못했다.

이제, 저런 놈은 버릴 때가 되었다.

피가 멈추지 않는다. 밤새 쿨럭이던 송 이장이 피가 묻은 휴지를 비닐봉지에 넣으며 인상을 썼다.

"은섭아! 은섭아!"
"네, 아버지! 부르셨습니까?"

기다렸다는 듯, 은섭이 문을 열고 들어왔다. 그리고 바닥에 놓여진 비닐봉지를 치우며 말했다.

"밤새, 이러고 계셨어요?"
"쿨럭, 나이가 드니, 겨우 이런 살 하나 맞고 맥을 못 추겠구나."
"겨우 살 하나라뇨. 일반 사람들은 살 맞으면 즉

사입니다. 그런 것을 역살로 맞으셨으니……. 몸을 좀 아끼셔야 합니다."
"지금, 그쪽에서 우리 기운을 쫓고 있을 것이다. 시간이 없어. 우리의 계획이 성공하려면 네가 잘 해줘야 한다. 주인님의 눈을 피하려면 네가 움직여야 한다. 알지?"
"네. 아직 전 신내림 전이니 할 수 있습니다."
"오냐. 내가 다 보상할 테니. 날 돕거라."
"네, 아버지."

송 이장은 자리에서 일어나 은섭의 만류에도 신당문을 열고 들어가 기도를 올리기 시작했다. 꿇어앉은 무릎이 부들부들 떨리는 것이 느껴졌다. 칠십이 넘은 몸으로 아직도 몸주신을 담을 수 있는 이유는, 송 이장 역시 이무기를 몸에 앉힐 정도의 큰 그릇이기 때문이다. 그러나 세월이 흘러 그릇이 늙고 쇠해지자, 산주인의 태도가 바뀌기 시작했다. 송 이장은 억울하고 분했다.

'한평생을 몸주신으로 모셨는데, 나를 괄시하다니!'

귀기 넘치던 이 산을 사들여, 산주인에게 먹이기

위해 수많은 사람들을 죽여 묻어왔다. 원귀가 되면 될수록 귀기가 어리기에 '손님맞이'라는 이름으로 때려 죽였다.

송 이장은 그렇게 주인을 배불리고 얻은 신력, 특히 예지력을 이용해 돈을 벌었다. 그랬다. 송 이장은 돈이 최고였다. 인간사는 돈으로 흘러가는 것을 애초부터 알았다. 이렇게 세월을 보내다 몸이 늙어갔다. 그리고 겁이 나기 시작한 것이다.

내 돈. 다 써보지도 못한 내 돈!

송 이장은 서복을 바다로 내보내며 불로장생약을 찾기 위해 애쓴 진시황제의 마음을 알 수 있었다. 백세 시대라지만…… 겨우 백 세라니!!

'수천 년을 사는 영수도 있는데. 인간의 몸뚱이는 하찮구나.'

모르면 몰랐을까. 신을 모시는 자신에게는 영수, 귀, 신들의 세계가 보였기 때문에 더욱 방법을 찾기 위해 노력해 왔다. 아무리 강한 힘을 갖은 산주인, 이무기라 할지라도 인간의 영생을 보장하지는 못했다. 송 이장 스스로 방법을 찾아야 했다. 이것도 다 산주인의 신력이 있어야만 가능한 것이지, 몸주신이 떠난 자신의 몸은 일반 노인과 다르지 않다는 것을 알고 있기 때문에 최대한 몸주신이 자신을 떠나지 않도록 비위를 맞추어야 했다. 그런데, 최근 운 좋게 방법을 찾았다.

"내 예상이 맞는다면……. 나는 영생할 수 있다."

일단 자신의 이론이 맞는지 확인을 해야 한다. 인간의 영역이 아니다. 답을 해줄 사람은 주인님밖에 없다. 자신을 버릴 준비를 하는 몸주신이지만 아직은 모셔야 하는 신이다. 몸을 떠나기 전, 최대한 이용해야 한다.

송 이장은 옷을 갈아입고 평소처럼 새벽 치성을 드리기 위해 어두운 산길을 올랐다. 절 문을 여니 역시나 성격 급한 주인님이 먼저 자리하고 있었다. 송 이장은 자리를 잡고 앉아 자신이 조사했던 산도깨비터 가게에 대해 조사한 내용을 고하며, 자신이 생각했던 것에 대한 물음을 내놓았다.

"주인님, 제 생각이 맞는다면 환혼이 가능한 것인데."
"담을 그릇과 혼을 옮기고 붙들 수 있는 힘. 그리

고 생명은 생명으로 바꾸는 과정. 즉, 제물이지. 예전부터 있던 술이다. 다만 제때, 그에 맞는 조건을 맞추기가 어려울 뿐. 예부터 술사들이 많이 하던 짓거리지. 그릇, 강한 신력, 걸맞은 제물. 그 조건이 충족된다면 술법 자체는 쉽지."
"그릇과 힘, 제물……. 이 모든 것이 그 산도깨비 터에 있는 것 같습니다."
"그래서?"
"절 도와주십시오. 주인님. 영생하여 주인님을 모시겠습니다. 이 제자를 굽어살펴 주옵소서."

송 이장이 머리를 바닥에 박고 절을 올렸다.

* * *

문 사장은 자신이 사유지 팻말에 묶어 놓았던 팔찌가 바닥에 떨어져 있는 것을 발견했다. 끊여져 있다. 홍 사장이 궁금한 얼굴을 하고 있어 대충 말했다.

"산 님의 기운이 묻어 있는 것인데, 끊겨 있네요. 손을 델 수 있다는 것은 사람일수도 있지만……. 잘 보이지도 않는 이런 실팔찌를 끊어

놓았다면 산귀인 것 같네요."
"산귀라면 서낭신을 노렸다던……."
"네, 맞습니다. 저 산. 정말 흉산이에요. 응? 저 건?"

문 사장이 걷자, 뒤를 따르던 홍 사장이 "어!"하고는 걸음을 멈추었다.

"이 차는 김 선생의 차가 분명 합니다. 저 부적도 그렇고."
"그렇네요. 차가 여기 있는 것을 보니 확실히 이곳에 온 게 분명하네요. 어쩌면 일부러 차를 이곳에 주차했는지도 모르겠어요. 일종의 표식이죠."
"하지만, 이곳에서는 차가 없으면 움직이기가 힘든 곳인데……."

문 사장이 다시 사유지 푯말이 있는 산길 입구로 돌아왔다. 왼쪽으로 나 있는 길을 보며 홍 사장에게 물었다.

"걸어서 저 길을 따라가면 뭐가 있나요? 혹시 아세요?"

"작은 산골 마을이 있다는 것만 알지 직접 갈 일이 없어 잘은 모르겠습니다."
"걸어서 갈만한 곳은 그 마을밖에는 없네요. 흉산에 위치한 산골 마을이라……. 이런 건 준영이가 전문이지."

문 사장이 핸드폰으로 위치를 찾아 검색해, 준영에게 보냈다. 잠시 후, 준영에게 전화가 왔다.

- 사장님!
"어, 준영아. 지금 보내준 주소가 흉산 부근인데, 혹시 마을이나 찾을 수 있는 자료가 있나 찾아 봐 줄래?"
- 사장님! 홍 씨 선산 가신 거 아니에요? 경기도?
"응, 맞지. 왜?"
- 지금 보내주신 위치는 강원도에요.

문 사장이 갸우뚱하며 홍 사장을 쳐다봤다.

"잠시만, 홍 사장님. 여기가 강원도라는데요?"
"네, 그럴 겁니다. 저희 선산은 경기도에 포함되고 이 길을 경계로 저 산은 강원도 지역이니까요."

"아, 이곳이 지역 경계선이군요. 들었니, 준영아?"

- 그런데 사장님. 이 위치요, 얼마 전 보여드린 사람들이 사라졌다는, 소문의 그곳이에요.

준영과 통화를 끝낸 문 사장이 잠시 고민했다. 일단 가방에서 새로 가지고 온 팔찌를 푯말 뒤에 단단히 묶었다.

"홍 사장님, 잠깐 저 마을에 가보죠. 김 선생도 저 산에 간 것 같으니. 호랑이를 잡으려면 호랑이굴인지 일단 알아봐야겠죠?"

얼마 안 있어 도착한 산골 마을 입구. 문 사장은 가게 앞에 차를 멈추라고 말했다. 차 안에서 내린 문 사장이 코를 막았다. 귀기도 귀기지만 비린내가 진동한다. 더 이상 마을 안쪽으로 갈 수가 없을 정도였다.

"와, 이건 그냥 사람을 밀어내는 수준인데?"

코를 킁킁대는 문 사장에게 웬 노인이 말을 걸어왔다. 갑자기 들린 목소리에 흠칫 놀라 돌아보니, 노인 두 명이 가게에서 나오고 있는 중이었다. 오른쪽의 개량 한복을 입은 노인이 말을 걸어왔다.

"이런 외진 곳엔 무슨 일로. 난 이 마을 이장이오. 송 이장."
"어르신, 혹시 이 사람 본 적 있으십니까?"

어느새 차에서 내린 홍 사장이 김 선생의 사진을 꺼내 보여주며 물었다. 송 이장은 사진을 보고는 고개를 저었다.

"본 적이 없는데. 노인들 몇 사는 마을에 누가 찾아올라고."

문 사장은 산의 봉우리를 쳐다봤다.

'뭐지? 저 형상은?'

뭉글뭉글 검은 기운이 꿈틀대고 있었다.

"일단, 다시 오죠. 홍 사장님. 얼른 차에 타세요.

얼른요."

두 노인은 무시한 체, 문 사장이 차에 올랐다. 그 사이 홍 사장이 명함을 송 이장에게 건넸다.

"혹시라도 보시면 이쪽으로 연락 주십시오."

차가 떠나는 것을 보며 송 이장이 만족스럽게 기도문을 읊었다.

6.

이날 아침, 은섭은 평소에 입는 개량 한복을 벗고 평범한 이십 대의 청년이 되어 차를 몰고 대학로로 향했다. 용골에서는 송 이장만이 자동차를 소유하고 있기 때문에 자신을 비롯한 마을 사람들은 외부로 나가기가 어려웠다. 사실, 대부분이 범죄자인 마을 사람들은 오히려 바깥세상으로 내쳐질까 전전긍긍했다. 그런 주제에 돈은 그리 밝혀 댄다.

'도대체 그 돈들은 어디에 쓰는 걸까?'

이런 자동차 하나만으로도 송 이장, 은섭의 신아버지는 세상과 연결되어 권력을 가질 수 있었다.

은섭은 아려오는 다리의 통증을 느끼며 기도문을 읊기 시작했다. 시작은 발가락부터였다. 마치 내 몸이 아닌 듯, 발가락의 감각이 사라졌다. 굽어 펴지지 않고 꼬여버린 발가락. 그렇게 대학 일 학년도 제대로 다녀보지 못하고 휴학했다. 그러고는 다리가 비정상적으로 꼬이기 시작했다. 더 이상 걸을 수가 없었다. 병원에서 하라는 온갖 검사를 다 받았지만, 원인을 찾을 수 없었다.

원인불명.

좋지 않은 가정 형편에 부모님은 외아들을 위해 하실 수 있는 것을 다 하셨다. 말로만 듣던 신당이라는 곳을 찾았다. 그곳에서 들은 이야기는 신병이 왔고, 너무 큰 신이라 자신은 내림을 할 수 없다는 것이었다. 은섭은 수년간 자신을 괴롭힌 것에 대한 대답을 얻은 듯 했다. 걸을 수만…… 아니, 스스로 설 수만 있다면 무엇이든 할 수 있었다. 다시 걷게 된다면 혼자 시원한 샤워를 하고 싶었다. 바라는 것은 다만 그뿐이었다.

'이런 큰 신은 따로 내림해 주는 큰 무당을 찾아 가야 해.'

그렇게 은섭이 소개받은 무당이 지금의 신아버지 송 이장이었다. 송 이장은 정말 용했다. 자신을 데려가 굿도 없이 치료해 주었다. 용골에 들어서자 불에 덴 듯한 고통이 왔고, 절에서 앉지도 못해 누워서 기도를 드리던 그때.

찾았다.

이곳 용골의 전정한 주인님의 목소리가 들렸다. 다리에 불탄 것 같은 상흔을 남기고 꼬인 다리가 풀어졌다. 이 일을 계기로 제자의 길로 들어선 은섭은 가족과의 연을 끊었다. 부모님 역시 아들의 목숨을 살리고자 연을 끊는데 동의했다. 울며 돌아보던 엄마의 얼굴이 떠올랐다. 그러나 은섭은 이를 악물고 받아들였다. 주인님과 신아버지가 원하신다. 산도깨비터의.

"그 물건들."

"그 더러운 기운이 가까이 오는구나. 이 냄새. 역겹구나."

산도깨비의 말에 마당 청소를 하고 있던 소영이 깜짝 놀랐다.

"복아! 오늘은 나가지 마! 준영이에게도 조심하라고 전화를……. 하필이면… 지금 문 사장님도 안 계시는데……."

홍 사장이 의뢰한 일을 처리하러 문 사장이 홍 씨 선산으로 향한 이때, 혼자 가게에 있던 소영은 긴장했다. 어제의 양밥 사건이 있었던지라 산도깨비의 기분이 좋지 않던 때였다.

"곧바로 동티를 내려주지. 너희는 걱정 말거라."

산도깨비의 말이 끝나기 무섭게 딸랑 하는 소리와 가게 문이 열렸다. 청소를 위해 쪽문이 열려있는 상태여서 은섭은 쪽문을 통해 마당과 한옥까지 한번에 볼 수 있었다.

"직접 보니 정말 특이한 구조네."

은섭은 혼잣말을 중얼대며, 마당에서 나오지 않고 있는 소영을 쳐다봤다.

'똑똑하네. 저곳이 제일 기운이 세군. 나 같은 것은 들어가지도 못하겠어.'

"저기요, 거기 아가씨 물건 하나 사고 싶은데요."
라고 부르는 소리가 들렸지만 소영은 대답하지 않았다. 은섭은 예상했다는 듯, 씩 웃으며 가게 테이블에 올려져 있던 팔찌 하나를 손에 쥐었다. 그리고 지폐를 한 장 꺼내 내려놓고 가게를 나갔다.

은섭은 손에 쥔 기운을 느끼며, 사람들이 복작복작한 대학로를 지나쳐 발걸음을 옮겼다. 얼마 후 도착한 곳은 소영의 원룸이었다.

"제대로 찾아왔네."

손에 쥔 기운을 다시 느끼며 눈을 잠시 감았다 뜨자, 왼쪽 눈이 뱀의 눈처럼 변해 있었다. 은섭의 눈이 소영의 집 창문을 뚫어져라 쳐다봤다.

- 아버지, 확인했습니다. 주인님도 제 눈을 통해 직접 보셨습니다.

은섭의 전화를 받은 후, 송 이장은 가슴이 터질 것 같은 흥분에 몸이 떨려왔다.

영생이 눈앞에 있다!

송 이장이 바쁘게 움직여 산 중턱 절에 도착하자, 강한 힘을 못 이긴 절 문이 안쪽부터 벌컥 열렸다.

"들어와라. 어서!"

마치 호통과도 같았지만, 오랜 시간 모신 몸주신의 기분쯤은 알 수 있었다. 주인님이 기뻐하고 계신다. 이제껏 본 적 없는 기쁨을 주체 못하는 몸주신을 느끼며 송 이장도 덩달아 주체할 수 없어졌다. 절 마당에서 기이하게 웃으며 춤을 추는 송 이장이었다.

7.

문 사장이 가게로 돌아오자, 이미 소영과 준영이 한옥에 들어가 산도깨비와 함께 있었다.

"문가 왔느냐. 앉거라."

"네, 다녀왔습니다."

바닥에 앉기 무섭게 준영이 프린트 해온 용지를 문 사장에게 보였다. 용지를 받으며 "소영이 넌 괜찮아?"라고 묻자 소영이 "네."하고 대답했다.

"정말, 겁도 없네. 소문도 못 들었나."

문 사장이 인상을 찌푸렸다. 그도 그럴 것이 여름, 순호당 사건이 이 방면에 꽤 큰 이슈였기 때문이다. 새타니도 아니고 새우니마저 나락으로 보낸, 귀기 어린 산도깨비터.

이런 곳에 쉽게 발을 들일 수 있는 무속인은 거의 없다 신과 신은 서로 사이가 좋지 않기에 더욱 꺼려한다. 그런 곳에 직접 발을 들여놓는 자라면.

"신을 못 받아 제대로 못 보는 하룻강아지거나, 산 님만큼 강한 신, 둘 중 하나겠네요."
"둘 다 일수도 있지."

산도깨비의 말에 다들 '네?'라는 표정으로 눈을 동그랗게 뜨고 쳐다봤다. 산도깨비가 한숨을 쉬고 말했다.

"그 때, 처음 온 노인은 분명 신기가 충만한 것이 무당이 분명했고, 아까 온 젊은 놈은 신의 흔적은 없는데 늙은 놈과 같은 냄새 귀기를 두르고 있었지."
"아, 그럼. 신아비와 신아들 관계겠군요."

신 아들이나 딸에게, 자신이 모시던 신을 내림함으로 퇴송굿을 대신하는 무당들도 있다. 이 경우에는 주로 몸주신이 직접 제자를 고르는 경우가 많다. 자신을 모실 신 제자를 직접 고르는 것이다.

"그런 경우라면, 말이 되죠. 문제는 눈에 보이는 도발인데……. 생각할수록 열받네!"
"일단 조사한 것 좀 읽어 보세요, 사장님. 여기, 그곳이 맞아요."

준영의 말에 문 사장이 고개를 끄덕이며 프린트물로 눈을 돌렸다. 빠르게 글을 읽어 내려가다 고개를 들고 준영에게 물었다.

"그런데, 이것. 정말이야? 그냥 사람들 낚는 그런 루머 아닌가? 이렇게 사람들이 사라졌다면 뉴스에도 나고 했을 텐데."

"제 생각에는 오히려 이런 실종이 꽤 있을지도 모른다는 생각을 했어요. 생각해 보세요. 부모님한테 '저, 흉가 체험하고 올게요.'라고 말하고 가는 학생들이 몇이나 되겠어요. 혼나지. 게다가 어른이면 윤 비서님처럼 가출 신고일 테고, 범죄에 연루되지 않는 한 경찰이 수사 하지는 않을 테니까요."

"네 말 들으니 그럴 수도……."

확실히 그렇다. 정상적인 사회생활을 하던 윤 비서가 그렇게 사라짐에도 사실 별 수사는 진행되지 않았다. 그러니 홍 사장이 직접 자신을 찾아왔겠지.

문 사장은 소영을 쳐다보고 물었다.

"소영이랑, 복이. 너희는? 아까 어땠어?"

아까 선산에 가 있을 때, 산도깨비와 연결이 되어 있을 때였다. 갑자기 산도깨비의 노기 어린 음성이 문 사장의 뇌리를 쳤는데, 그것은 가게에 와있던 그 젊은 남자를 향한 것이었다.

"다행히 별일은 없었는데, 이 안을 뚫어져라 쳐다보고 갔어요. 제가 만들던 팔찌도 하나 들고 가고. 여기 이 돈, 두고 간 건데, 혹시 기운이 묻어 있나 봤어요."

소영이 비닐에 잘 싸놓은 오만 원권 지폐 한 장을 꺼내 놓았다. 복이가 치를 떨며 코를 막았다.

"냄새나요! 우욱! 코 아파요!"

복이 코를 가려주며 산도깨비가 큰소리를 쳤다.

"아주, 나를 무시하는 것이지! 감히 여기가 어디라고! 저리 당당하게! 터에 묶여 있지만 않았어도 바로 찢으러 달려갈 것인데!"

산도깨비의 노성에 맞춰 마당의 하늘이 그르렁거렸다. 번개가 꽂히기 일보 직전, 소영이 다시 입을 열었다.

"할머니도 걱정하고 계세요. 자꾸 비린내가 나는 것이 이 냄새는 뱀도 용도 아닌 것이라고. 이무기? 이무기 냄새라고 하시던데요?"
"이무기? 이 땅에 아직도 그런 영수가 남아 있나? 영수가 아니라면 악신이나 귀물로 변했겠지. 그런 것은 수백 년 전 이후로 본 적이 없다. 지금은 영수들이 도를 닦을 만한 산수가 거의 없으니."
"영수요? 청룡, 현무… 뭐 그런 건가요?"

준영이 묻자, 산도깨비가 고개를 끄덕였다.

"신령한 기운을 받아 도를 닦을 정도의 짐승은 더 이상 짐승이 아니고 영물, 영수다. 깨우친 존재들이기에 수백, 수천 년의 덕이나 도를 닦고 승천해 비로소 위쪽의 존재가 되지. 애초부터 옳지 못한 기운을 가진 것들은 그 영겁의 세월을 이기지 못한다. 결국 그것을 견뎌내는 영물은 신수, 영수가 된다. 대부분은 산수에 깃들기 마련인데. 지금은 도를 닦을 만한 터 자체가 없지. 터가 없으면 신수의 존재는 잊히고 이 세상에 남아 있을 수가 없지. 대부분의 신수들은 위쪽 신들과 함께하는 것으로 알고 있는데…, 사실 이런 쪽은 위쪽 출신인 할멈이 더 잘 알겠지. 아래쪽의 내가 알고 있는 것은 이 정도다."

문 사장이 고개를 갸웃했다.

"그러고 보니 태어날 때부터 귀를 보던 저도 신수를 본 적은 한 번도 없어요. 탱화 속 신령 옆의 호랑이 같은 존재죠? 신 곁에서 돕거나 하는?"

"그렇지."

"그런데 신수, 영수가 악신이나 귀물이 될 수도 있나요? 이무기는 용이 되기 직전의 뱀의 영물이잖아요."

"이무기 정도 되면 승천이 곧이라 나쁜 업은 쌓지 않을 텐데……. 할멈이 이무기 냄새가 난다고 했다고? 나에게는 뱀 비린내만 나던데."

소영이 "네, 이무기 냄새라고 하셨어요."라고 대답하자, 산도깨비가 잘 모르겠다는 표정을 지었다. 문 사장이 다시 프린트물로 눈을 돌렸다. 조용해지자 준영이 다시 입을 열었다.

"사장님, 제가 한번 참여해 볼까요? 그 흉가 체험? 오늘 찾다보니 그 산 폐사찰에 가는 파티원을 모집하고 있더라고요."

"미쳤어?! 그 고생을 하고?"

소영이 빽 소리를 질렀다. "사랑싸움이다!"라는

복이의 말에 "애들은 빠지거라."라며 산도깨비가 복이의 귀를 살포시 막았다. 투닥대는 두 사람을 뒤로 하고, 문 사장은 뚫어져라 글을 읽었다.

"사장님, 게다가 그 파티원 구하는 사람이 예전 저희 폐가 체험 때 모집장이었어요."
"난 그래서 더 싫어! 위험해. 사장님, 산 님! 좀 말려주세요. 얘 이러다 진짜 갈지도 몰라요."
"씌면 내가 떼주마. 준영이는 나한테 또 얻어맞고 싶은가 보구나. 산귀는 악귀 정도가 아닌데. 견딜 수 있으면 가보거라."

산도깨비에게 씌인 문 사장의 주먹을 생각하자, 갑자기 다쳤던 갈비뼈에 통증이 느껴지는 느낌이었다. 준영이 조용히 입을 다물었다. 문 사장이 고개를 들어 산도깨비를 향했다.

"도대체, 왜 갑자기 이런 산귀가 산 님을 도발하는 걸까요? 그게 알아내야 할 첫 번째 문제 같아요. 원하는 것이 무엇인지도 모르겠고. 악의를 품고 계속 치고 있어요. 죄 없는 고양이들까지 죽이면서. 이 정도에서 끝나지 않으면 위험해질 수 있으니까요. 특히……."

말을 끊은 문 사장이 심각한 표정으로 소영과 준영을 쳐다봤다.

"너희는 영안이 열려 있는 상태라 더 위험해. 양밥이 제대로 먹히면 돌이킬 수 없을지도 몰라. 저쪽도 산 님 못지않게 강한 것 같으니까. 그렇다고 계속 너희가 가게에 있을 수도 없으니. 할머니도 안 계시고. 내가 무당도 아니고."

문 사장의 말에 소영과 준영이 긴장했다. 그렇다. 자신들은 학교도 다니고 바깥 생활을 하고 있다. 양밥을 어떻게 칠 줄 모르니 더 문제다.

"호랑이를 잡으러 호랑이굴로 들어가야겠네. 아니지, 뱀굴인가?"

문 사장이 말하자, 준영의 눈이 반짝거렸다.

그 날 저녁. 준영은 흉산, 용골로 들어서는 마을 입구에 서있었다. 과연, 흉산. 영안이 산도깨비의 기운으로 가려져 있어 색으로 볼 수 있는 정도지만, 이곳에서는 귀취도 맡을 수 있었다.

'이게 가게 식구들이 말하던 비린내구나. 욱, 냄새 공격은 힘드네.'

다행히 팔찌가 감겨 있는 손을 코에 대자 냄새가 훨씬 덜해졌다. '숨은 쉴 수 있겠네.'라는 생각을 하며, 어둑해지는 산을 쳐다보던 중 모집장이 큰 소리로 말하기 시작했다.

"자, 헤드라이트는 산 입구에서 켜세요. 굉장히 어둡고, 산길이니 걸을 때 조심해야 해요. 참! 나누어 드린 부적 잃어버리지 않게 잘 챙기세요."

모집장에게 받은 부적은 가짜였다. 어떤 기운도 보이지도, 느껴지지도 않았다.

'이런 걸 돈 주고 팔다니. 양심이 없네.'

준영은 받은 부적을 구긴 후 주머니에 넣었다. 이번 폐사찰 체험에는 준영과 모집장을 포함해 총 다섯 명 이 모였다. 세 명은 남자들로, 동아리 친구들끼리 재미 삼아 왔다고 했다.

"자, 출발합시다."

모집장의 말에 다들 산길을 오르기 시작했다. 으스스함은 내려오는 어둠 때문이기도 했지만, 수령 높은 나무들도 한몫했다.

"우와, 여기 나무들 엄청 크다. 쥐라기 공원에 나오는 나무들 같아."

왁자지껄한 분위기 속에서 오로지 준영만 입을 꾹 닫고 땅만 보고 걸었다.

'절대 눈을 마주치면 안 돼!'

지금 준영은 영안이 열려 있는 자신을 탓했다. 소영의 말을 들어야했던 것일까? 산길 양 옆의 나무들 가지들 사이로 사람 얼굴들이 빼곡히 자리 잡고는 자신들을 향하고 있었다.

나무에 귀신이 잘 붙는다는 말은 들어서 알고 있었지만, 이 정도 일 줄은 몰랐다. 준영은 혹여 눈이 마주쳐 자신에게 들러붙을까 봐 고개를 더욱 숙여 땅을 쳐다봤다. 색깔이나 두리뭉실하게 보이던 영가나 귀들이었는데, 귀기가 어린 이곳의 영향 때문인지 형체가 뚜렷하게 보이기 시작했다.

'이래서 사장님이 걱정하신 건가?'

후회가 몰려왔지만 어쩔 수 없었다. 이미 물은 쏟아졌다. 가게로 계속 찾아오는 것을 보면, 상대편은 문 사장과 소영 그리고 산도깨비에 관해 잘 알 것이다. 하지만 일반인인 자신은 신경 쓰지 않을 것 같았다.

'내가 이 산을 직접 올 수 있는 적임자야! 잘 살펴보고 가자!'

준영이 침을 꿀꺽 삼켰다. 느껴진다. 준영이 고개를 들었다. 헤드라이트로 보지 않아도 알 수 있었다. 산 중턱, 나무들 사이로 강한 귀기를 두른 폐사찰이 보이기 시작했다.

"에이, 이 게 뭐에요? 폐사찰이라더니. 깨끗한데요?"
"그러게. 잘못 찾아온 거 아니에요?"

친구라던 세 사람이 불만에 찬 목소리로 절 문 앞

을 기웃거렸다. 그도 그럴 것이 눈앞의 절은 정갈하니 잘 손질된, 누가 봐도 사람 손이 탄 곳이었기 때문이었다.

"어, 잠깐만요. 잘못 왔나?"

모집장도 당황했는지 핸드폰을 꺼내 확인을 하기 시작했다. 그 사이, 짜증어린 목소리가 더 커졌다.

"이거 완전 사기잖아. 여기까지 와서 이게 뭐예요! 돈 물어줘요!"
"지방으로 가는 거래서 돈도 많이 냈는데. 시간 낭비했네. 게임이나 할걸."
"산 잘못 온 거 아니에요? 옆 산으로 들어가던 길도 있었잖아요."

아니. 이 산이 맞다. 아까 용골로 들어서는 갈림길, 오른쪽 산길 초입에 보이던 '사유지' 푯말. 준영은 그 푯말이 문 사장이 말하던 그곳임을 알아챘다. 세 사람의 재촉으로 당황한 모집장은 어디론가 전화를 걸었다.

"네, 여기. 여기 맞죠? 사람들 사라진 곳. 받은

주소로 제대로 찾아왔는데……. 아, 네. 알겠습니다. 네, 네."

통화를 끝낸 후, 모집장이 말했다.

"여기가 아니고 좀 더 위로 올라가야 한데요. 가시죠."

모집장이 구시렁대는 사람들을 달랬고, 다시 산길로 나와 위를 향해 걷기 시작했다. 그러나 준영은 가고 싶지 않았다. 어둠 속에서 용, 아니 이무기로 보이는 거대한 것이 똬리를 틀고 꿈틀대는 것이 보였다.

'위험해.'

준영은 당장 내려가고 싶었지만, 함께 온 사람들을 두고 갈 수가 없었다.

'일단 상황을 보다 혼자라도 내려가서, 아까 지나왔던 집에 들어가 도와달라고 하자!'

커다란 아름드리나무에 도착했다. 이미 시간은

밤 11시가 넘었다. 칠흑 같은 어둠 속에 랜턴과 헤드라이트로 군데군데 보이는 나무의 모습은 공포스러웠다. 이번에는 세 사람도 조용한 것이 아까 전, 폐사찰과는 다르게 무서움을 느끼는 듯했다.

절은 분명 사람의 손이 닿았다는, 안도감이 있었을지도 모른다. 그러나, 처음 보는 거대한 나무는 자연 그 자체. 사람의 손길이 닿지 않는 장소. 자신들이 사람 손이 닿지 않는 곳에 온 것임을 인지하게 된 순간 몰려오는 막연한 공포심. 조용한 분위기 속, 랜턴으로 나무를 비추는 그들을 향해, 모집장이 안도한 웃음을 지어 보였다.

"자, 여기 좀 보세요."

나무의 밑동으로 빛을 비추자, 금줄이 걸려 있는 커다란 구멍이 보였다.

"이 산은 예부터 무속인들이나 도사들이 산기도를 올 정도로 영기가 충만한 산이라고 합니다. 저기 보이는 저 나무 구멍에 들어가 기도를 올리거나 했다는데, 한번 들어가 보실래요?"

가뜩이나 한 치 앞도 안 보이는데, 더 어두운 저

곳에 들어가라고? 세 사람은 선뜻 대답하지 못했다. 이미 그들은 폐사찰 체험이라는 본래의 목적을 잊고 이 괴기한 나무에 집중하고 있었다.

"금줄도 둘러 있고, 구멍 안에 뱀이나 벌레가 있을지도 모르는데, 그만두죠."

준영이 말렸지만, 모집장과 친구 세 명은 홀린 듯이 그 구멍을 쳐다봤다. 천천히 걸어 나무 구멍 가까이에 자리한 나머지 네 사람은, 저마다 말을 해대기 시작했다.

"여기 좀 봐, 저거 핏자국 아니야?"
"야야, 거기 말고 밑에 저거 좀 봐! 저기 바닥에 누런 거. 저거 부적 아니야?"
"여기 사람도 몇 들어가겠다. 들어가 볼까?"
"그럴까? 사진 찍으면 나올까? 야간모드 켜 봐!"

깜깜한 산에 오로지 그들만의 목소리만이 메아리쳤다. 흥분했는지 목소리가 점차 커졌지만, 인식하지 못하는 것 같았다. 준영은 주춤대며 나무에서 물러났다.

'저게, 뭐야!'

 준영의 눈에 금줄 뒤쪽 나무 구멍에 웅크리고 있는 형체들이 보였다. 영안이 다 트인 건가? 문제는 제대로 보는 것은 처음이라 저것들이 일반 영가인지 귀인지 모르겠다는 것이었다. 평소 영가라고 느끼던 것은 두리뭉실 하얀색 계열인데, 다행히 보이는 것들은 하얀색 계열이었다.

'그런데, 몰골들이 왜 저래! 다 피투성이잖아!'

 죽기 전에 심하게 맞았는지, 하나같이 너덜너덜 피투성이로 얼굴에 눈코입 대신 커다란 구멍이 뚫려 있었다. 영가들은 다행히 금줄에 막혀 나무 밖으로 나오지 못하고 있었다. '그나마 다행이다.'라고 느낀 순간, 말릴 새도 없이 모집장이 호기롭게 금줄을 들어 올렸다.

"자, 기념사진 찍으시죠!"

 준영은 경악해 아무 말도 못 하고 입만 벌렸다. 준영의 영안에는 보였다. 나무 구멍에서 하얀 영가들로 보이던 것들이 천천히 밖으로 기어 나오고 있었다. 그것들은 금줄 아래로 나와 나무를 벗어나자, 붉은색으로 변하기 시작했다.

'이 색은! 귀! 영가가 귀로 변하고 있어!'

그중 아직 하얀 느낌이 더 강하던 귀 하나가 고개를 들어 준영을 쳐다봤다. 그것은 빠르게 기어 준영을 향했다. 결국 준영은 "으아악!" 비명을 지르며 산 아래로 뛰기 시작했다. 양옆의 나무들에 걸려 있는 수많은 귀들이 보였다. 눈을 감고 싶었지만, 이 어두운 산길에, 눈까지 감는다면 크게 다칠 것이 뻔했다.

'아까 지나친 그 집! 거기로 가야 해!'

준영이 랜턴을 놓치지 않게 힘을 꽉 쥐고 산길을 빠르게 내려갔다.

"쯧, 이 어두운 산 중에 저렇게 불빛이 돌아다니면, 밑에서 얼마나 잘 보이는지 모르나 보군. 은섭아, 사람들 올려보내라."
"네, 아버지."
"응? 저건 뭐야? 하나는 내려오고 있는데?"

산길 아래로 내려오는 준영의 랜턴 빛을 보던 송 이장이 인상을 찌푸렸다.

"어쩌면, 영안이 트여서 무언가 보고 혼자 도망가는 건지도……. 그러면, 저놈은 따로 잡아두는 게 좋을 것 같은데요? 제물로 쓸 수도 있고."
"그래, 일단 한번 보자. 어떤 물건인지."

죽기 살기로 내려오던 준영의 눈에 불 켜진 집이 보였다. 마당에 나와 있던 송 이장과 은섭을 보자, 준영이 소리쳤다.

"도와주세요!"

송 이장이 '이리오라.' 손짓했다.

"이 밤중에 도대체 무슨 일인가! 마을 시끄럽게!"

마당에 도착한 준영이 숨을 고르자, 송 이장이 호통쳤다. 혼날 것을 이미 예상했었기 때문에 준영은 일단 사과했다.

"죄송합니다. 그런데, 빨리 좀 도와주세요! 저 산 위에 사람들이 있어요!"
"알아서들 내려오겠지. 뭘 그리 호들갑이야? 누가 올라가래?"

차가운 송 이장의 말에, 준영은 애가 탔다.

"저기, 큰 나무 있는 곳에요, 그러니까, 믿지 않으실지 모르겠는데, 거기 귀신이! 아니, 아무튼! 사람들이 위험해요!"

귀신을 봤다고 하면 미친 놈 소리를 들을 것 같고, 실없는 놈으로 생각해 상황이 안 좋아질 것 같았다. 준영은 설명을 하려고 나름 애를 썼지만 횡설수설 했다. 하지만 송 이장과 은섭의 귀에 분명히 들린 단어. 귀신.

"은섭아, 마을 사람들 얼른 올려보내라. 자네는 일단 집으로 들어가지."
"네, 아버지."

마을 사람에게 전화를 거는 은섭을 보며, 준영은 그제야 숨을 돌리고 송 이장을 따라 집 안으로 들어갔다.

"자, 물 한 잔 하게. 위에서 무슨 일이 있었던 겐가?"
"아, 그게. 소란스럽게 해서 죄송해요. 저희는 폐사찰을 보러 왔는데……."
"아니 아니, 그거 말고. 아까 나무 이야기 말이네. 좀 더 해보게."
"네?"

"무슨 이야기를"하고 되묻는 준영을 향해 송 이장이 딱 짚어 말했다.

"아까, 나무 있는 곳, 귀신 이라고 했지 않나. 자네, 혹시 보이나? 나는 사실 박수야. 이 마을 이장이기도 하고. 밖에 있는 저 녀석은 내 신아들이라네. 그러니 말해 보게. 혹시 무엇을 봤는가? …… 마을에 중요한 일이야! 자네들이 뭘 건드린 줄 알고!"

호통치는 송 이장의 기세에 준영은 주눅이 들었지만, 박수라는 말에 한시름 놓을 수 있었다. 다행이었다. 자신의 말을 믿어줄 사람이고 생각하고 아까 자신이 본 것들을 말하기 시작했다. 준영의 말을 듣던 송 이장이 고개를 끄덕였다.

"그곳은 원래 기도터라네. 음기가 강해 금줄을 둘렀지. 자네 같은 사람들은 더 강하게 기운을 느낄 수 있지. 아마 형체가 제대로 보인 것도 터가 세서 영향을 받은 것일 게야."
"네. 그렇군요."
"혹시 자네 무당인가?"
"네? 아니요, 저는 사고로 영안이 열린 경우라서요. 평소에는 이 정도로 보이지 않아요."
"그러면 혹시 영안을 닫으려고 기도하러 다니는 겐가?"
"아니요. 전 원할 때 닫아주실 분들이 계셔서요."
"영안을 열기가 쉽지, 닫기가 얼마나 어려운데……. 그것을 해주실 수 있는 분들이면 큰 신을 모시는 분들이겠군. 자네 운이 좋네."
"네, 저도 그렇게 생각해요."

송 이장이 웃으며 말을 이었다.

"내 생각에는 자네 일행들. 내가 좀 봐야 할 것

같네. 홀리거나 씌인 것이면 털어야 하니까. 자네는 일단 쉬게. 일단 저 사람들은 마을 사람들 집에 묵게 할 테니, 자네는 여기서 자게. 핸드폰 있나? 가족들한테 연락해야지."
"아, 네."

여기 온 것을 문 사장이나 소영에게 말하지 않았다. 준영은 지금이라도 연락해야 할 것 같아 핸드폰을 꺼냈다. 그때, 어느새 집에 들어왔는지 은섭이 빠르게 준영의 핸드폰을 낚아챘다.

"어? 어! 왜 이러세요!"

당황한 준영이 벌떡 일어났지만, 아무것도 할 수 없었다. 은섭의 뒤로 몽둥이를 든 마을 사람들이 들어오고 있었다.

"이장님! 이 사람들 뭐에요? 저기요! 제 폰 주세요!"
퍽!

머리를 맞은 준영이 바닥에 쓰러지자, 마을 사람들이 늘 하던 대로 들쳐업고 밖으로 나서려고 했다.

"아니, 그놈은 그곳 말고 우리 집 뒷방에 가두게.
그 박수랑 같이."
"네, 이장님."

준영을 바깥 뒷방으로 옮기는 것을 보던 은섭이 '아!' 하는 표정을 지었다.

'저놈, 사진 속에 있던 그 남자애네.'

소영의 사진 옆에 있던 준영을 기억한 은섭이었다. 그러나 송 이장은 모르는 것 같았다. 은섭은 일단 말하지 않기로 하고, 뒤처리를 위해 밖으로 나갔다.
김 선생 옆에 눕혀진 준영을 뒤지자, 팔목 채워진 팔찌가 보였다. 송 이장이 눈치채기 전, 팔찌를 빼내 주머니에 챙긴 은섭이 문을 닫고 자물쇠를 채웠다. 집 안으로 들어가려다, 잠깐 멈칫한 은섭이 팔찌를 꺼내 잠시 쳐다보고는 문 아래쪽에 보이지 않게 잘 묶었다.

"이건, 확실한 좌표가 되겠지. 나머지는 네 운에 달렸어. 이준영군."

깜깜한 하늘로 고개를 들었다. 별만 보이는 하늘

을 향해 은섭이 읊조렸다.

"드디어 끝이 보이네."

* * *

"사장님, 아무래도 준영이 사고 친 것 같아요! 어젯밤부터 통화가 안 돼요!"

소영이 가게로 들어오자마자 문 사장에게 말했다. 커피를 내리던 문 사장의 미간이 좁아졌다.

"설마, 어제 그렇게 주의를 줬는데. 무슨 일이 있으려고."
"새벽 기도를 하는데, 할머니께서 오랜만에 모습을 드러내셨어요. 그런데 준영이를 찾으라고. 그러고 사라지셨어요."
"다른 말씀은 안 하셨고?"
"네."

할머니의 상태가 좋지 않은 것이 분명했다. 위쪽으로 오르시든지 신가물에 내림하셔야 하는데. 이도 저도 못하는 상황에서 나날이 신력이 약해지고 있는 것이 분명했다.

"인간의 생과 사에는 직접 관여하면 안 된다는 것이 불문율이니까. 더 말씀 안 하신 것일지도 몰라. 그러니 그 뜻은 지금 준영이가 위험하다는 것을 알려주신 걸지도……."
"일단 준영이 집에 가볼게요. 전화 드릴게요!"
"잠깐! 혹시 모르니 복이 데리고 가!"

소영과 복이가 가게를 나서자, 문 사장이 급히 한옥으로 향했다. 산도깨비가 방안에 앉아 눈을 감고 있었다.

"산 님!"
"나도 찾고 있다. 내 기운이 묻어 있으니 내가 찾는 게 쉽겠지. 기다려 보거라."

산도깨비가 눈 뜨길 기다리던 문 사장의 눈에, 어제 준영이 프린트한 A4용지가 들어왔다.

"혹시. 준영이 이 녀석……, 여기 간 거 아니야?"
"맞는 것 같구나. 내 기운이 비린내 속에서 느껴진다. 이정도 강한 냄새라면 본거지겠지. 그 흉산."
"아, 얘를 어쩜 좋아. 그 위험한 곳을 왜 말도 안 하고 간 거야!"

윤 비서, 김 선생. 이제 준영이까지. 소리 소문 없이 사라져도 모를 그 흉산.

"산 님. 아무래도 제가 가봐야겠어요. 어차피 김 선생을 찾으러 한번 오르려던 곳이니까요. 준비하겠습니다."
"문가, 너는 상관없지만, 그런 곳은 일반 사람들을 눈가리고 꾀는 곳이다. 무슨 뜻인지 알고 있겠지?"
"네. 조심할게요."

이번 학기에 들어가기 전, 급히 방을 구한 준영의 원룸은 가게 근처였다. 걸어서 10분 거리의 원룸에 도착한 소영이 2층 준영의 집으로 들어가려는데 복이가 손을 잡았다.

"누나, 안 들어가도 되요. 형 여기 없어요."
"그래? 그럼 다시 가게로 가자!"

복이의 손을 잡고 가려던 때, 복이가 심각하게 말했다.

"누나. 형 집이 아니고, 누나 집에 가야해요. 거기 있어요. 그 비린내 나는 사람."
"우리 집?"

소영 역시 화재도 있었고, 여러 모로 산도깨비터 근처에 있는 것이 좋을 것 같아 문 사장의 집 근처로 이사를 했다. 대학로를 중심으로 준영의 집과는 반대편에 있는 원룸 거리. 문 사장 집 근처였다. 이곳에서 걸어서 이십 분 정도의 거리.

"가게에 먼저 들르는 게 나을까? 혼자 갔다 위험하면 어쩌지?"

그때, 복이가 급하게 소영의 손을 끌었다.

"할머니가 위험한 것 같아요! 비린내에 섞여 할머니 냄새도 나요!"
"뭐?"

소영은 생각할 겨를없이 자신의 집을 향해 뛰기

시작했다. 숨이 차올랐지만 온 힘을 다해 3층까지 계단을 올라가자, 문이 열려 있는 자신의 집이 보였다.

"할머니!"

문이 열려 있었지만 집 안은 깨끗했다. 소영이 나오기 전과 다르지 않았다. 오직 단 하나만이 사라졌다.

"신줏단지가 없어졌어!"

마스크를 낀 사람이 차 운전석의 은섭에게 돈봉투를 받고, 신줏단지를 건넨 후 자리를 떴다. 은섭은 곧장 준비한 보자기에 신줏단지를 감쌌다. 부적을 빼곡하게 붙인 상자에 넣어 다시 한번 보자기로 감싸 묶은 후, 차를 움직였다.

"바쁘네."

잠을 못 자고 새벽부터 움직여서인지 졸음이 몰려왔다. 카페인 음료를 한 모금 마신 후, 정신을 차리려고 눈에 힘을 줬다. 이제 얼마 남지 않은 것 같다.

은섭은 입을 꽉 다물고 용골로 향했다.

"할머니가 납치당하셨다고? 신줏단지째로?! 산 님! 이게 말이 되나요?"

문 사장과 소영의 말에 산도깨비 또한 할 말을 잃었다. 그도 그럴 것이 아무리 힘이 빠졌다지만, 소영의 조상신 이전, 위쪽에서도 이름 꽤나 날리는 큰 신이다.

"신을 훔치는 방법이 여럿 있기는 있지만……. 예부터 신기가 빠진 무당이 더 큰 신을 받거나, 부리기 위해 다른 신을 훔치는 일이 종종 있기는 했었다. 전자는 내림을 받아 몸주신으로 받아들이는 것이고, 후자는 먼저 모시는 몸주신의 힘으로 굴복시켜 부리는 것이지. 그러나, 둘 다 몸주신의 허락과 도움이 필요한 것이고, 신들은 함께 하는 것을 싫어하니……, 무엇이 되었든 흔한 일은 절대 아니다. 하지만…… 만약 그런 목적으로 우리 주변을 맴돌았다면, 터에 묶인 아래쪽의 도깨비보다 신줏단지에 틀고 있던 위쪽의 신이 더 수월한 상대이긴 하다."

"그러면 어떻게 해야 해요?"

소영이 울먹이며 산도깨비에게 물었다.

"문가야, 아무래도 그 흉산. 가만 두어서는 안 되겠구나."

"네."하고 문 사장이 짧게 대답 후, 소영을 진정시켰다.

"준영이도 분명 그 산에 있어. 내가 다녀올테니. 기다려. 만반의 준비를 하고 가야 하니, 소영이 너 정신차려! 그동안 할머니께 배운 거 다 써먹을 기회야! 얼른 일어나!"

한옥 마당으로 나온 문 사장이 어딘가로 전화를 걸었다.

"도와주실 수 있나요?"
- 물론입니다. 문 사장님.
"감사합니다."

통화를 끝낸 문 사장이 가게로 향했다.

* * *

용골은 말 그대로 축제 분위기였다. 제발로 걸어 들어온 박수 하나에 영기 충만한 준영까지 잡아두었으니, 이들을 드신 주인님이 얼마나 많은 복을 내려주시겠냐는 것이다. 들뜬 마을 사람들이 "멍석을 준비할까요?"라고 묻자, 송 이장이 껄껄 웃으며 "멍석은 되었네."라고 대답했다.

송 이장은 멀찌감치에서 떨어져 부산스레 움직이는 마을 사람들을 쳐다봤다. 자신은 저런 속세에 묶인 인간들과는 다른 존재가 된다라는 기대감과 자신감에 자신도 모르게 히죽히죽 웃음이 났다.

끼익.
"?"

마당에 차가 한 대 들어서고, 은섭의 모습이 보였다. 송 이장은 얼른 차로 걸어갔다.

"어찌 잘 처리했고?"
"네, 아버지. 여기."

마음이 급한 송 이장이 조수석 문을 열고, 신줏단

지가 봉인되어 있는 상자를 꺼내들었다.

"신이 이런 작은 상자에 들어 있을지는 일반 사람들은 상상도 못하겠지. 껄껄껄."

송 이장이 상자를 들고 집 안으로 향하자, 은섭은 집 뒤쪽으로 향했다. 뒷방으로 가자 자물쇠 걸어놓은 문이 덜컹거리고 있었다. 창문이 없고 벽은 방음벽이라 소리가 새어 나오지 않지만, 안은 원룸처럼 꾸며놓아 사람 한두 명 지내기 좋은 크기였다. 은섭이 문에 대고 말했다.

"학생, 진정하고. 일단 거기 냉장고 열고 뭐라도 챙겨 먹고 있어요. 어차피 방음벽이라 소리 질러도 소용없으니 괜히 힘 빼지 말고 있어요."

흔들리던 문이 잠시 멈추는가 싶더니, 더욱 크게 덜컹거렸다. 그러나 은섭은 신경 쓰지 않고 다시 마당으로 향했다.
아직 정오도 되지 않았지만, 오늘은 하루가 빨리 끝날 것 같음을 느끼는 은섭이었다.

송 이장은 마음이 급했다. 신을 몸에 싣고 큰 굿

이나 힘을 쓰기 위해서는 목욕재계 후 며칠이 걸리는 치성이 필요하다. 그러나 송 이장이 모시는 주인님, 이무기는 일반적인 신과는 달랐다. 영수에서 악신으로 변해 인간계에 똬리를 튼 괴수. 주인님의 허기를 채우고, 입 맛에 맞추는 것이 치성보다 먼저였다. '먹이' 즉 '제물'이 최우선.

"저 박수놈이 안 죽어 다행이야. 깔끔하게 제물로 쓰고 처리해야지. 혈기왕성한 제물도 하나 들어오고. 이번에 운이 좋군. 허허허."

준비를 끝낸 송 이장이 신당 제단에 올려 놓았던 상자를 들어올렸다. 역시, 아직 신줏단지 속 신기가 충만히 느껴진다. 어지간한 신들은 이 신당의 제단에 오르면 어느 정도 힘을 잃기 마련이다. 제단의 이무기 주물들이 힘을 빨아들였는데도 이 정도의 기운이라니.

"정말 제대로 된 큰 신이 오셨군. 허허허."

송 이장은 이 정도의 힘을 먹은 주인님의 신력이면, 반드시 목표를 이룰 수 있다라고 생각했다. 특히 예지력이 좋은 주인님은 오늘, 필요한 모든 조건들이 갖추어 진다고 했다. 주인님의 예지는 틀린 적이 없기에 새벽부터 은섭을 시켜 일을 진행했다.

"오늘 나는 영생을 이룬다."

송 이장이 상자를 챙겨 주인님이 기다리는 절로 향했다.

"이제 시작이군."

은섭이 마을 입구 가게에 차를 대니, 한 노인이 가게 밖으로 나오며 반갑게 맞았다.

"은섭이. 여기 뭐 필요한 거 있나?"
"아니요. 어르신, 오늘은 절에 올라가 계세요. 여기 제가 있어야 해서요."
"이장님 명령인가?"
"네. 오늘 큰일 있다는 건 들으셨죠?"
"안 그래도 나도 가서 기도드려야 하는데 하고 걱정하는 중이었어. 가게를 비울 수는 없고."

이 가게는 마을 초입에서 드나드는 차들과 사람

들을 감시하고 기록하는 역할을 하고 있다. 마을로 들어서려면 반드시 이 가게 앞을 지나야 했고, 손님을 데리고 오는 관계자들은 손님 수에 맞추어 술을 산다. 일종의 암호인 것이다.

"오늘은 예약 손님도 없으니까요. 제가 지킬 테니 어르신은 올라가 보세요. 안 그래도 마을 사람들 다 올라가 치성드릴 준비 중이에요."
"그래그래. 고맙네! 그럼, 나 가네. 있다 절에서 봅세!"

혹시라도 자신의 자리가 없을까, 한 노인이 부리나케 송 이장의 집으로 걷기 시작했다. 가게로 들어선 은섭은 방안으로 들어갔다.

"분명, 이쯤에……. 찾았다."

오래된 냉장고 위를 덮은 빛바랜 신문지를 들추자, 장부가 드러났다. 명부를 펼치자 손 글씨로 쓰인 이름과 구매한 술의 갯수 등이 기록되어 있었다. 이년 치의 장부였다. 분명 더 많은 장부가 있겠지만 나머지는 송 이장이 관리하고 있음이 뻔했다. 은섭은 이것으로 일단 만족하자고 생각했다.

"이게 내 제물이군."

이제 기다리기만 하면 되는 건가? 은섭은 가게에 걸려 있는 낡은 시계 쪽으로 고개를 돌렸다.

7.

"사장님, 정말 저것들로 가능해요?"

소영이 불안한 듯 뒷자리의 가방을 한번 쳐다봤다. 문 사장이 일 할 때 늘 들고 다니는 검정 가죽 가방. 크기가 쇼퍼백 정도로 큰 편이고 문 사장이 몇 년 전부터 산도깨비와 일을 시작하며 가지고 다니는 일명 '도구 가방'이다. 준영이 '일가방'이라고 놀린 적도 있는 투박한 모양새지만, 각이 잡혀있고 튼튼해서 문 사장이 마음에 들어 하는 몇 안 되는 물건이었다.

"왜? 드라마나 만화에서 본 거랑 달라서? 원래 내 일이 그리 복잡하지 않아. 난 무당이 아니고 퇴마 전문이잖아. 사실 산 님이 씌이실 내 몸만 있으면 되는데, 오히려 저 정도면 꽤 준비한 거야."
"그래요? 그러면 오히려 안심이에요."

 문 사장과 소영이 대화를 이어가던 중, 소영이 갑자기 말을 멈추었다.

"느껴지나 보네. 저기 저 산. 보이지? 나도 이 정도로 느끼는데 넌 더 하겠지. 소영아, 정신 차려. 저기 저런 흉산은 사람 꾀는 산이야."
"사람을 꾄다고요?"
"그래. 말 그대로. 사람을 꾀어내 보고 싶은 것을 보여주는 산이야. 욕망이 클수록 더 크게 보이게 하고, 가질 수 있다는 가능성을 주고 야금야금 잡아먹는 거지. 그게 진짜인지 아닌지도 확실치 않아. 하지만 꾐에 빠지면 그게 환상이든 뭐든 믿게 되거든. 인간은 현혹하기 좋은 존재니까. 우리도 인간이야. 조심하자!"
"네!"

 몇 분 후, 두 사람이 탄 차가 사유지 푯말을 지나 멈췄다. 당연히 왼쪽 산길로 들어설 줄 알았던 소영이 문 사장을 따라 내렸다.

"혹시 몰라 서낭신께 인사드리고 가자. 무슨 일이 생길 수 있는데 혹시 도움을 받을 수도 있으니."

"아, 그래서 과일이랑 술을 준비하신 거예요?"

"그래. 가자. 난 몰라도 너는 같은 위쪽 계열이니 예쁘게 봐주실 거야."

가게 앞 평상에 앉아 있던 은섭은 천천히 올라오고 있는 문 사장의 차를 발견했다.

"드디어 왔네. 생각보다 빠르네."

잠시 뒤 문 사장의 차가 가게 앞에 섰다. 그냥 올라가도 되지만 일반인이라면 모를까, 귀를 보고 느끼는 문 사장이나 영안이 트인 신가물 소영은 반드시 멈출 수밖에 없는 무언가가 있었다. 차에서 내린 소영이 인상을 찌푸렸다. 보였다.

"사장님. 저기 저거."

손가락으로 가리키는 방향에 뒤를 돌아보고 있는 장승이 하나 보였다. 문 사장이 "잠깐만."하고는 그

쪽으로 걸어가 산 턱을 넘으려고 할 때였다.

"직접 보지 않는 게 좋습니다. 건드리면 더 안 좋고요."

문 사장의 뒤를 돌자, 가게 평상에서 일어난 은섭이 다가오고 있었다. 긴장한 문 사장이 은섭을 아래위로 훑어보자 은섭이 웃으며 말을 걸었다.

"문 사장님, 잠깐 저랑 말 좀 나누시죠."

문 사장과 뒤돌아 오는 은섭을 보고 소영이 소리질렀다.

"사장님! 그 남자에요! 가게에 왔던 젊은 남자!"
"뭐?!"

문 사장이 놀라 소영의 옆으로 뛰어 왔다.

"소영아, 운전석에 타. 여차하면 바로 출발하게."
"네!"

소영이 운전석으로 뛰어들자, 은섭이 한숨을 한 번 쉬고는 자리에서 멈추고 문 사장을 향해 말했다.

"문 사장님. 저 나쁜 사람 맞는데. 오늘 제 도움 없으면 이준영도 신줏단지도 못 찾아요."
"!"
"!"

문 사장과 소영이 경악하자, 은섭이 멋쩍은 듯 웃었다.

"거기 이소영 씨도 좀 내리시죠. 두 분에게 드릴 말씀이라서요. 가게로 잠깐 들어오시죠."

잠시 머뭇거리던 소영이 차에서 내렸다.

"사장님, 준영이 여기 있는 게 맞나봐요."
"그래. 들어가 보자. 넌 문 쪽에 있어. 여차하면 나 신경 쓰지 말고 차 타고 산 님에게 가. 경찰은 큰 도움 안 돼. 우리 일이랑 이런 시골에선."
"네."

긴장한 두 사람이 가게로 들어섰다. 은섭이 색바

랜 플라스틱 의자를 권했다. 문 사장이 앉자, 은섭도 열린 쪽방의 문지방에 앉아 입을 열었다.

"도와주세요. 절 도와주시면 저도 돕겠습니다."
"?"

'뭔 개소리야?'라는 표정의 문 사장에게, 은섭은 왼쪽 바지를 걷어 올려 보였다.

"이건!"

바지 아래 커다란 뱀이 다리를 조이는 형상을 하고 있었다. 아니. 뱀으로 보인 것은 찰나였고 상흔이었다.

"산 님, 보시지요."

문 사장의 눈알이 하얗게 뒤집혔다.

"음. 뱀이 맞구나. 물뱀이군. 독한 것이 들러붙어 있구나."

그 상태로 은섭이 말했다.

"산 님이라고 불리시는군요. 저승신장 붉은 얼굴
의 산도깨비님."

산 님의 목소리가 들리는 건가? 문 사장과 소영
의 뇌리에만 울리는 줄 알았는데, 이런 경우는 처음
이었다.

"내가 한 것이다. 저 녀석은 나에게 하고픈 말이
있는 듯 하여. 문가 놀라지 말거라."
"네. 산 님."

그 자리에서 일어난 은섭이 문 사장, 즉 산도깨비
를 향해 절을 했다.

"인사드립니다. 산 님."

그 순간, 문 사장과 소영에게 산도깨비의 화경이
열렸다. 이무기, 송 이장, 손님맞이, 암매장, 천도제,
김 선생, 준영, 신줏단지, 절, 아름드리나무. 화경으
로 단편적이지만 제대로 짜인, 장면들이 보였다. 마
치 은섭이 자신의 기억을 잘 정리해 프레젠테이션하
는 느낌이었다. 이런 경우는 처음이었다.

'신아들이 맞았군. 이게 신기 있는 사람들의 능력 중 하나인가? 화경이니 거짓은 섞일 수 없을 테고. 텔레파시 같기도 하고 염사 같기도 하고.'

"건방진 것. 내가 더러운 너희 말을 직접 들을 필요는 없지. 문가 네가 듣거라."

조금 뿔이 난듯한 목소리를 끝으로 문 사장과 산도깨비와의 접신이 끊겼다.

"문 사장님. 잠깐이면 됩니다. 거기 이소영 씨도 들어주세요."

산도깨비는 전면에 없지만, 연결된 문 사장의 귀를 통해 듣는다. 문 사장은 탐탁지 않은 표정으로 "얼른 하세요. 서로 바쁘니."라고 말했다.

"제 다리의 이 상흔. 보이시죠. 전 신병으로 이곳에 와서 이렇게 사람 구실을 할 수 있게 되었습니다. 이십 대의 대부분을 이곳에서 보냈어요."

'그래서 뭐?'라는 표정이 문 사장에게 슬핏 웃으며 말을 이었다.

"이 마을은 범죄자들이 드글대는 무법천지입니다. 조직이나 개인적으로 통나무나, 일반 사람을 죽여 묻는 곳이죠. 아, 통나무는 장기밀매하고 남은 시신이에요. 혹시 모르실까 봐. 묘비만 없을뿐 이 산 이 다 무연고 묘지나 다름 없습니다. 신아버지는 돈을 받고 사람을 예약받고 묻어주며 천도제나 원귀들을 누르는 기도를 해줍니다. 사실 이것 때문에 단골이 많아요. 사람 죽이고 발 뻗고 자는 사람 많지 않습니다. 자신들 마음 편하자고, 이렇게…… 나름 무속 서비스까지 함께 패키지로 이용하는 거죠."

"뭐라고요? 그건 범죄잖아요! 사장님, 경찰을 불러야 하는 거 아니에요?"

은섭의 말에 놀란 소영이 문 사장에게 말했다. 문 사장은 심각한 표정으로 은섭을 향해 "계속하세요."라고 말했다. 은섭이 고개를 숙이고 잠시 뜸을 들인 뒤 입을 열었다.

"저도 물론 가담했습니다. 그렇지 않으면 신벌이 내려졌거든요. 단도직입적으로 제가 드릴 말은 절 도와주시면 저도 이준영씨와 신줏단지의 신을 돕겠다는 겁니다. 이산의 진정한 주인. 산주인. 절 산주인에게서 해방시켜 주세요. 산도깨비님은 하실 수 있으십니다."
"하지만, 이 산의 신을 받으려고 여기 있는 것 아니었어요? 몸주심을 배반하다니. 그러면 뒷일이 더 커질 텐데……. 이봐 당신, 그 자리에서 동티맞아 죽을 수도 있어."

자신이 모시는 신을 적절한 절차없이 버리고 도망갔다 죽는 경우는 허다했다. 사실 당사자만으로 끝나는 것이 아니라, 신의 분노에 따라 핏줄을 타고 신벌이 뻗치는 최악의 경우가 많이 있다. 은섭이 고개를 끄덕였다.

"네. 알고 있습니다. 하지만, 전 신내림을 아직 받지 않았고. 몇 년 전 알게 되었습니다. 산주인이 저에게 내려온 신을 잡아먹고, 저를 이 신벌로 이곳에 묶어 놓고 있다는 것을……. 게다가 저들은 저를 부리기 위해 저희 부모님까지 죽였습니다. 전 잃을 게 없어요……."

은섭은 자신이 이곳에서 부모님을 배웅하던 날을 떠올렸다. 속세와 연을 끊는다. 그러면 살 수 있다는 말에 내린 결정. 집으로 돌아가던 부모님이 사고로 그 자리에서 즉사하고, 신아버지 송 이장은 "너 때문이다. 네가 좀 더 빨리 신을 받았으면 이런 일이 생기지 않았다!"라고 말했다.

맞는 말이었다. 당시에는 몰랐다. 은섭 안의 몸주신을 잡아 먹기 위해 산주인이 움직이자, 이미 흉산에 갇혀 도망가지 못한 몸주신이 부모를 향해 분노를 쏟아낸 것이다. 그리고 몸주신은 산주인에게 먹혔다. 몇 년 전 알게 된 사실이다. 그런데 그 사실을 털어놓은 것은 우습게도 송 이장이었다. 진실이 이러하니 산주인 몰래 자신을 도우라고. 산주인과 직접 연결이 안된 은섭이라면 가능하다고.

"그래서, 그렇게까지 하면서 송 이장이 원하는 게 뭔가요? 왜 산 님께 관심을 갖는 거고? 답답하니 빨리 말해요."

성질 급한 문 사장이 다그쳤다.

"주인님은 저승신장 산도깨비와의 악연으로 복수를, 송 이장은 환혼을 통한 영생을, 각자 원하고 있습니다. 그리고 필요한 것은 두 분이세요. 그릇과 제물. 그리고 힘은 주인님께서 신줏단지 안의 신을 잡아먹든 산도깨비를 잡아먹든 하면 해결되는 것이니까요. 아마도 산 님을 먹는 것이 제일 좋은 방법일 거라고 생각합니다. 직접 복수도 되고요."

마지막 말을 듣고, 문 사장이 무표정으로 은섭을 향해 말했다.

"… 너, 죽고 싶어? 말 조심해."

감히, 누구를. 문 사장이 화를 누르고 있는 것을 보며, 소영이 은섭에게 물었다.

"그럼, 준영이는 왜요?"
"영안자니까요. 주인님은 일반 사람보다 영안자, 무속인들을 더 좋아하거든요. 늘 배가 고프시니. 손님이 매일 오는 것도 아니고. 게다가 지금처럼 신력이 필요할 때는 최대한 많이 드십니다."
"잡아먹는다고?"

소영이 경악했다.
문 사장은 말없이 생각에 빠졌다.

'정보를 조합하면 말이 되네. 결국, 우리 가게에 와서 다 찾았다는 거군. 윤회를 거듭해 여기까지 온 나를 직접 눈으로 확인했으니, 욕심이 났군. 어리석은 인간 같으니.'

전생의 엄청난 영력으로 자신의 의지대로 윤회를 거듭한 문 사장이었다. 이제야 위와 아래에서 합당한 벌을 받는 것으로, 이번 생을 끝으로 윤회의 번뇌를 끊을 수 있게 되었다. 빌어 태어난 아이 문 사장. 문 사장은 인간의 한없는 어리석음에 헛웃음이 났다.

"그래, 한번 해보라지. 그게 어떤 삶인지…… 텅 빈 삶……."

문 사장이 들릴 듯 말 듯 중얼거렸다.
은섭이 재차 말했다.

"산주인을 없애주시면 저에게 붙인 이 족쇄도 풀립니다. 벌은 제대로 받겠습니다! 제발 절 도와주세요. 제 도움이 반드시 필요할 겁니다. 시간이 없어요. 당신들이 이곳에 발 들인 것을 산주인과 송 이장이 이미 눈치챘을 테니."

"아까, 그 산 쪽으로 뒤돌아 있던 그 장승 같은 것. 그거로군. 영력이나 신력이 있는 사람을 감지하는 거야. 잡아먹기 좋게 선별하는 건가? 아주 웃기고들 있네."

문 사장이 어이없다는 듯 피식 웃었다. 이제 상황 파악은 되었고, 움직여야 했다.

"그렇네. 당신 도움 필요하겠어. 산주인과 원귀들만 있는 게 아니라, 범죄자 출신의 인간들도 있으니. 사실 인간이 제일 무섭지."

은섭이 고개를 끄덕였다.

"저랑 가면 마을 사람들이 의심하지 못할 거예요."

문 사장이 자리에서 일어났다.

"그럼 한 배 타봅시다."

송 이장은 절에 들어가 기도를 올리는 중이었다.

늘 먼저 와 앉아 있던 몸주신, 산주인이 오늘은 웬일인지 내려오지 않고 있다.

'이런 일은 처음인데. 아무래도 주인님도 눈치를 채신 거군.'

송 이장의 마음이 급해졌다. 산주인이 먼저 움직이면 일이 꼬인다. 그릇과 제물이 도착할 때가 되었는데…….

"왜 연락이 없는 게야."

송 이장이 은섭에게 전화를 걸자, 은섭이 "아직 물건들이 도착하지 않았습니다."라고 대답했다. 분명 산도깨비의 기운이 강해지는 것이 느껴지는데……, 아직인가? 라고 생각하며 송 이장이 절 밖으로 나왔다.

산봉우리를 쳐다봤지만, 역시나 산주인이 보이지 않았다. 인간에게나 높고 넓은 산이지, 산주인은 수십, 수백 년을 묶여 있던 작은 터일 뿐이다. 갈 곳도 정해져 있다. 송 이장이 산 중턱 아름드리나무, 귀목으로 발걸음을 돌렸다.

... <u>으흐흐흑</u>... <u>흐흐흑</u>…….

송 이장의 걸음에 맞추어 나무에서 귀곡성이 울렸다. 얼마나 많은 사람들이 이산에 묻혀 있을까? 송 이장이 껄껄 웃었다.

"이제, 이 짓거리도 끝이다."

귀목에 도착한 송 이장은 "역시."라고 중얼거린 후 합장을 했다.

* * *

준영은 겨우 눈을 뜬 김 선생에게 물을 먹였다. 처음에는 물 마실 힘이 없어 숟가락으로 조금씩 흘려 주었다.

"김 선생님 맞으시죠? 구상건설 홍진철 사장님 아시죠?"

김 선생이 눈을 겨우 뜨고 고개를 힘겹게 끄덕였다. 몸이 많이 상해있었다. 병원에서 퇴원한 지 얼마 안 된, 곧 퇴송굿을 하고 평범한 노인으로 돌아갈 사람이었다. 그런데 며칠 사이에 죽을 고비를 몇 번이나 넘기며 기력이 쇠해 말도 못 할 정도가 되었다. 준영이 아니었다면 이미 숨이 넘어갔을지도 모른다.

"조금만 힘내세요. 우리 문 사장님이랑 홍 사장님이 찾고 있어요. 문 사장님이 이곳이라고 눈치챘으니 곧 올 거예요."

준영이 다시 물을 김 선생의 입으로 흘리려고 하자, 김 선생이 힙겹게 고개를 젓고는 손바닥을 준영의 머리에 올렸다.

"헉!"

화경. 김 선생의 몸주신이 준영에게 화경을 열었다. 산도깨비가 보여주는 화경 이외에는 본 적이 없던 준영은 구토가 밀려왔다. 파장이 맞지 않아 준영이 괴로워했지만, 신은 아랑곳하지 않았다. 귀목, 원귀, 호랑이, 서낭신, 이무기, 산도깨비······.

"이럴 수가······."

다시 정신을 잃은 김 선생 옆에서, 준영이 자신이

본 것을 곱씹었다. 이것이 사실이라면 자신을 비롯한 가게 사람들이 전부 위험했다.

"이 산에서 나가야 해!"

적어도 옆 산의 서낭목까지라도 가야 했다. 준영은 김 선생을 한번 쳐다봤다. 힘이 부친 듯, 숨을 고르고 누워 있었다. 준영은 문으로 다가가서 온 힘을 다해 흔들어 댔다.

"문 열어!!"

달각.

"여기 맞지?"
"그런데 잠겨있는데, 열쇠 어딨지?"

작은 목소리가 문틈으로 들려왔다.
사람이다! 준영이 다시 문을 흔들었다.

"살려주세요!"

문밖에서 쾅쾅 치는 소리에 준영이 한 걸음 뒤로

물러섰다. 조용해지자, 다시 문틈에서 작게 목소리가 들려왔다.

"송 이장님이 여기 있는 손님들 위로 올려놓으라고 하시는데, 얼른 은섭이한테 연락해 봐! 은섭이가 갖고 있겠지."
"어, 잠깐만. 기다려 봐."

준영은 문에서 물러나 누워 있는 김 선생 옆으로 가서 앉았다. 분명 송 이장 집에서 봤던 그 신아들 이름. 자신을 이곳에 가둔 장본인이 분명했다.

"참! 어제 같이 온 사람들은 어떻게 된 거지? 나처럼 어딘가에 갇혀 있나? 큰일 났네!"

저들의 대화 내용을 보니, 더 위험한 상황에 빠질 것 같다는 느낌이 들었다. 준영은 빠르게 방안의 냉장고, 부엌 찬장까지 뒤졌다. 그러나 무기로 쓸 만한 것은 숟가락, 젓가락이 전부였다.

'차라리 포크라도 하나 있었으면 좋았을 텐데.'

일단 손에 젓가락을 꽉 쥐고 머릿속으로 시뮬레

이션하기 시작했다.

'문이 열리면, 힘껏 젓가락으로 찌르고 일단 도망가는 거야. 어제 마을 입구에서 본 구멍가게까지 뛰어가면 전화가 있을 거야. 곧바로 경찰에 신고하자! 김 선생님! 제발 경찰 올 때까지 버텨주세요!'

몇 분이나 지났을까. 달각거리는 소리가 들리며 문이 서서히 열렸다.

"이야아아앗!"
"어! 뭐, 뭐야!!"

준영이 젓가락을 쥐고 앞으로 돌진했지만, 준영 옆으로 피한 상대방 때문에 그대로 땅으로 고꾸라졌다.

"야, 이준영이! 너 뭐하냐?"

이 목소리는? 고개를 든 준영의 눈에 어이없다는 표정의 문 사장과 '헉!'하는 표정의 소영이 보였다. 그리고 그 옆으로 은섭이라는 그 남자. 준영이 상황

파악할 틈도 없이, 은섭이 준영의 팔을 잡아 일으켜 세웠다. 손에 꼭 쥔 젓가락을 살포시 가져간 문 사장이 말했다.

"어이, 이준영이! 너 이걸로 사람 찌르려고 했어? 내가 나중에 호신용 대젓가락 하나 사줄게. 튀김용 긴 것으로."
"……"

은섭이 다시 방문을 닫고 자물쇠를 걸었다. 그 모습을 보던 준영이 정신이 들어 소리쳤다.

"야! 당신 지금 뭐 하는 거야!"

문 사장이 "준영아, 쉿!"하고 손으로 준영의 입을 막았다.

"지금은 이렇게 잠가두는 편이 나아요. 마을 사람들이 곧바로 열지는 못할 테니. 조금이라도 더 버틸 수 있을 거예요. 이 집은 신당이라 마을 사람들이 함부로 소란을 일으키지 못하거든요."

은섭의 말에 준영이 고개를 끄덕였고 그제야 손

을 놓는 문 사장이었다.

"자, 일단. 준영이 팔팔한 거 확인했으니, 가자."

소영에게 대강의 설명을 들은 준영이 은섭을 흘겨봤다. 은섭은 아랑곳하지 않고 입을 열었다.

"자, 곧바로 가야 해요. 지금 집에는 아무도 없고, 아버지가 안 계시면 마을 사람들은 제 말을 따라요. 지금이 움직일 수 있는 기회에요. 차분히 따라오세요. 아무 일도 없는 것처럼."

세 사람이 은섭을 따라 마당으로 나오자, 마을 사람들이 멍석을 깔고 앉아 장구며, 징, 꽹과리 등 굿에 사용될 법한 악기들을 꺼내 손질하고 있었다.

'뭐야? 범죄자들이라더니? 무당? 악사? 아주 선무당 짓들을 하는군. 그게 얼마나 무서운 줄도 모르고······.'

문 사장이 한심하게 쳐다보자, 마을 사람 중 하나가 일어나 말을 걸어왔다.

"어이, 은섭이. 이 아가씨들은 누군가? 이 놈은?"
"저놈, 저거 어젯밤 그 녀석들이랑 같이 왔던 손님 아니야?"

준영을 알아본 마을 사람들의 대화에 은섭이 끼어들었다.

"이쪽은 오늘 큰일 도와주실 분들이고, 이 남자는 손님이에요. 제가 나무로 데려갈 거니 신경 쓰지 마세요. 뒷방의 손님은 일단 그냥 두시고요. 어제 손님들은 어디에 있어요?"
"아, 그놈들은 어젯밤에 '손님맞이'하고 멍석에 말아 '광'에 넣어 뒀어. 젊어서 숨 끊어지기 직전까지 좀 시간이 걸릴 거야. 죽기 직전이 약이 되니 좀 기다리세. 허허허."

광? 그놈들? 손님맞이? 준영과 함께 온 네 사람이 분명했다. 준영이 불안한 듯 문 사장을 쳐다보자, 걱정하지 말라는 듯한 눈빛을 보내왔다.

"저희는 올라갈게요. 여기 있는 분들이 왔다갔다 해도 절대 신경 쓰지 마세요. 이번에 큰일 하실

분들이에요. 동티나기 싫으면 오늘 각별히 조심
들 하세요."
"아무렴! 우린 이장님과 은섭이 자네만 따를 걸
세! 걱정 말게나!"

산길에 들어선 문 사장과 소영이 걸음을 멈추
었다.

"사장님, 저거…… 저것들 뭐에요?"

겁에 질린 소영의 손을 준영이 꽉 잡았다. 간밤
에 무서워 땅만 보고 걸어 제대로 마주하지 못했던
것들이 준영의 눈에도 확실히 보였다. 나뭇가지마다
주렁주렁 사람들이 달려 있었다. 어떤 것들은 머리
만, 어떤 것들은 몸 전체가 대롱대롱 매달려 귀곡성
을 흘리고 있었다. 이런 나무들이 산 위로 향하는 산
길 양옆으로 쭉 이어져 있었다. 흉산의 귀기로 영안
이 다 열린 소영과 준영이 걷질 못하자, 문 사장이 두
사람을 툭 건들며 말했다.

"저것들, 잘 봐. 얼마나 너덜너덜한지. 이 산의
주인. 보통이 아니야. 잡아먹고 창귀처럼 부리
고 있어. 힘은 힘대로 거둬들이고. 도대체 이무

기란 어떤 존재인 거야? 도대체… 얼마나 많은 사람을 잡아먹은 거야?"

'용이 되기 위해 도를 닦았던 만큼 대단한 영수였을 텐데. 도대체 왜 이렇게 밑바닥으로 떨어진 거지?' 문 사장이 생각 중, 은섭이 심각하게 말했다.

"절대, 뱀이니, 이무기니 입에 올리지 마세요. 주인님이 제일 싫어하는 말이에요. 그 자리에서 살 맞아 죽은 사람 몇 있었어요."

은섭의 말에 '뭐, 살은 백번을 맞아도 소용이 없지만.'이라고 생각하며 문 사장이 고개를 끄덕였다. 하지 말라고 하는 것은 하지 않는 것이 제일 좋다. 특히, 이쪽 업계에서는.

"저것들은 저기 존재할 뿐이에요. 주인님 장난감 중 일부죠. 자, 어서 가시죠."

<u>흐흐흑… 흐흑… 흐흑…….</u>

다시 산길을 오르는 네 사람의 뒤로 귀곡성이 더욱 늘어갔다. 조금 걷다 보니 절이 나왔다.

"사장님, 저 절이 그 폐사찰이에요. 인터넷 기사에 나왔던……."

준영의 말과 함께 네 사람이 절 마당으로 발을 들였다. 잠시 두리번거리던 소영이 다급히 문 사장에게 말했다.

"사장님! 할머니 기운이에요! 저기, 절 안에서요!"

은섭이 "잠깐만요."라고 말한 후, 절 문을 열었다. 아무도 없는 것을 확인하고 세 사람에게 들어오라고 손짓했다. 겉모습만 절이지 내부는 여느 무당집과 다르지 않았다. 용? 뱀? 처음 보는 탱화 밑의 제단에는 일반적이지 않은 물건들이 늘어놓여 있었다.

"대부분 신에게 올리는 공물이 올라가기 마련인데, 이것들은……."

문 사장이 제단에 다가가 들어올린 것은 피묻은 칼이었다. 그 옆으로 닭의 목이 잘려있고 피를 받았는지 큰 사기그릇이 있었는데, 핏자국만 있고 내용물은 들어있지 않았다. 부적을 썼든, 양밥을 만들었든 이미 사용한 것 같았다. 소영이 이곳저곳을 들추며 신줏단지를 찾았지만 보이지 않았다.

"분명 기운이 느껴지는데……."

은섭이 제단을 보고는 입을 열었다.

"자, 여기 꼴을 보니 얼마간은 절에는 아무도 안 와요. 그 나무가 굿당 역할을 하거든요. 굿에 사용할 부적들을 붙이고 준비하는 것은 아버지만 할 수 있어요. 전 신내림 못 받은 쭉정이라 도움이 안 되요. 자, 이제 제 말 잘 들으세요. 기회는 한 번 뿐일 거예요."
"어지간히 급한 모양이네요. 이렇게 형식 없는, 근본 없는 굿은 본 적이 없어요. 아무리 악신이라도 정해진 절차가 있는데……. 역시 괴수라 다른 건가?"

문 사장이 비아냥거렸지만, 은섭은 동요하지 않고 말을 이어갔다.

"여기 오실 때, 계획을 세우셨겠죠. 제가 그것에 정보를 좀 더 보태겠습니다. 산으로 올라가면 제가 직접 해드릴 수 있는 것이 별로 없으니까요."
"그러면, 시간을 좀 끌어주세요. 1시간 정도?."

문 사장이 시간을 확인한 후 말한 후, 준영에게 말했다.

"준영아, 귀목에서 굿이 시작되면 넌 이장 집에 가서 증거가 될 만한 것은 모두 모아. 사진을 찍던 가지고 있던. 눈치채고 나중에 없애기 전에."
"네? 제가요? 그건 이 은섭이라는 사람이 하면 안되요? 제가 어디가 뭐가 있는 줄 알고……. 그리고 원래라면 절 제물로 쓰려고 한 거 아니에요? 그런데 제가 안 보이면 곧바로 문제 생기는 거 아니에요?"

준영의 말에 은섭이 대꾸했다.

"전 이따 연락이 오면 굿에 참여해야 해요. 그리고 문 사장님과 이소영 씨가 온 것을 아버지, 주인님 모두 느끼고 있으니, 제가 두 사람을 잡아 데려왔다고 하면, 이준영 씨를 제물로 쓰려는 계획은 필요가 없어져요. 이 두 분은 제가 데리고 갈 테니. 이준영 씨는 사장님 말대로 하는 게 좋을 것 같아요."

준영이 "사장님, 이 사람 따라가도 되시겠어요? 전 아직도 저 사람 못 믿겠어요."라고 걱정스레 말하자 문 사장이 대답했다.

"이 사람 다리에 이무기가 남긴 상흔이 있어. 이것 때문에 이 사람은 흉산 주인에게 벗어나지 못하지. 이 사람 우리 안 도우면 어차피 죽어. 이 상흔에 감겨 있는 저 뱀이 생기, 신기를 다 빨아대고 있거든."

말을 마친 문 사장이 제단 위에 걸려 있는 커다란 탱화로 눈을 돌렸다. 탱화란 그 신에 대한 정보를 담고 있는 경우가 많다. 가까이 다가가 자세히 들여다보던 중, 뇌리로 산도깨비의 목소리가 절 안 모두에게 들려왔다.

"문가야. 저 이무기놈. 보통 놈이 아니다."
"처음부터 알고 있던 거라 놀랍진 않아요, 산님."
"저 놈, 원래 이곳 터주인 산신을 잡아먹은 놈이

다."
"네? 산신을 잡아먹었다고요? 이무기가 용도 아니고 어떻게 산신을 잡아먹어요!"

소영이 '아!' 하는 표정으로 말했다.

"이곳 전설 중의 하나로 호랑이가 있었다는… 그런 걸 봤었는데, 혹시 그 호랑이가 산신일까요?"
"그럴 게다. 산신까지 잡아먹은 놈이니, 이 흉산을 거느릴 수 있겠지. 무당들이 오는 족족. 인간들이 오는 족족 잡아먹었을 것이고. 그게 인신공양이 아니고 뭐냐. 지금도 제물이 바쳐지고 있는데. 그나마 그 산신이 죽어가며 저놈을 이 산에 묶어준 것 같은데……. 저런 놈이니, 옆산의 서낭신이 서낭목을 버리고 도망을 간 것이겠지. 쯔쯔."
"할머니……."

소영이 울상이 되었다.

"그렇다면 제가 제 몸에 가뒀을 때, 제가 못 견딜 수도 있겠네요."

문 사장이 심각하게 말했다. 이번 계획은 자신의 살마저 통과하는 체질을 응용해 처음 사용해 보는 방법이었다. 실패할 수도 있었지만, 지금은 이 방법밖에는 없었다.

"내가 최대한 네 몸에 붙들고 있으마. 어떻게든 이곳, 내 터로 데리고 오너라. 최대한 빨리."
"네, 산 님."

이제부턴 시간 싸움이다. 문 사장이 입술을 깨물었다.

8.

흉산, 이무기산, 용골 등으로 불리는 이산 중턱에는 수령이 오래 된 아름드리나무가 있다. 예전에는 신성한 기운을 가졌을 것이 분명했다. 그러니 그 많은 무속인과 도인들이 기도터로 삼았을 테니. 하지만 지금은 밑둥치만 본다면 썩어 문드러져, 이미 땅으로 돌아가도 이상하지 않을 상태이다. 커다란 구멍이 뚫려 있는 아래와는 별개로 위쪽은 푸르른 나뭇잎을 가득 거느리고 있다. 이 부조화는 아무것도 모르는 사람들이 보더라도 위화감을 들게 했다.

귀목. 어떤 이는 이 위화감을 경이로움으로, 어떤 이는 공포로 받아들일 뿐. 송 이장은 이 귀목에서 자신을 위한 굿을 준비하고 있었다. 자신의 몸주신을 위한 굿도 아니고, 자신을 위한 굿이라니. 은섭은 송 이장답다고 느꼈다.

송 이장의 전화를 받고 먼저 산으로 올라온 은섭은 평소처럼 신아버지 송 이장이 시키는 대로 굿을 준비하기 시작했다.

"아버지. 평소와는 다르네요."
"그래. 오늘은 내 일생일대의 큰굿이 될 거다! 그러니 내손으로 해야지. 허허허."
"그래도 이렇게 갑자기 해도 되는 건가요?"
"우리가 모시는 주인님이 그런 것을 괘념치 않는 분이시니 상관없다. 이런 큰일은 누가 알아채기 전에 얼른 끝내는 것이 좋아. 게다가 제물과 그릇이 제 발로 들어왔으니. 넌 내가 시키는 대로만 하면 된다. 주인님이 아닌 내 말을 최우선으로 해야 해. 꼭 명심해라. 네 다리랑 죽은 부모 잊지 말고……."

누가 들을세라 송 이장이 마지막 말의 끝을 흐렸

다. 은섭의 눈에서 불똥이 일었지만 송 이장은 보지 못했다. 은섭은 깊게 심호흡을 한번 하고 마음을 다잡았다. 진실을 알고난 이후, 자신을 다잡아왔다.

'이제 끝이 보인다.'

은섭은 닭의 목을 꺾어 뒤집은 후, 준비한 사기그릇에 피를 받기 시작했다. 잠시 뒤, 와자지껄한 소리가 들려 뒤를 돌아보고는 은섭은 이번에는 놀란 표정을 숨기지 않았다. 마을 사람 몇이 노루 한 마리를 산 채로 잡아 온 것이다.

"노루를 어디서 잡았어요? 이렇게 갑자기?"
"아, 주인님의 신통력 덕분이지! 우리 산이 아니라 옆 산에서 잡아 왔어. 송 이장님이 옆 산에 가보라는 곳에 가보니 노루가 턱 하니 있지 않겠어? 도망도 안 가더라고! 껄껄껄!"

은섭의 물음에 마을 사람 하나가 대답하며 "자, 은섭이! 노루 어쩔까?"라고 되물어 왔다. 은섭이 대답하기 전에, 나무 구멍 안에서 부적 작업을 하던 송 이장이 고개를 내밀었다.

"은섭아! 노루는 산 채로 올려야 하니 입에 재갈 물리고 네 다리 다 묶어서 제단에 앉은 자세로 올려놓거라! 자네들은 제단 세우고!"

송 이장의 명령에 다들 일사불란하게 움직이기 시작했다. 너무 급하다. 모든 과정이 너무 급하게 진행되고 있다고 느끼는 은섭이었다. 마을 사람들에 의해 곧바로 세워지는 커다란 나무 제단을 보는 은섭의 미간이 좁아졌다.

귀목에서 행해지고 있는 것을 보던 문 사장이 경악했다.

"저, 저것들! 지금 뭘 하는 거야!"
"사장님, 왜요? 뭐가요?"
"저 노루. 노루는 산신이 모습을 바꾸거나, 산신을 보필하는 존재라고들 해. 호랑이처럼. 영물……, 영수지. 그런데 저 노루를 제물로 삼는다? 일반적인 돼지나 소를 바치는 것과는 비교가 안 되지. 큰 힘을 얻으려면 제물도 그에 맞는 격이 갖춰줘야 하는데, 저 송 이장이라는 놈. 나도 제물로 쓰고 노루까지 쓸 생각인 것 같아……. 실패 없이 일을 치르겠다는 거지."

소영이 알아듣겠다며 고개를 끄덕였다.

"그보다 저 은섭이라는 사람. 정말 믿어도 될까요?"
"완전히 믿으면 안 되지. 그래도 저 사람 다리의 상흔. 그거 놔두면 어차피 저 사람은 영혼까지 먹혀 죽어. 죽어서도 명도에 못 들고 신아버지에게 영혼 채로 이용이나 당하다 끝나겠지. 그걸 아니까 우리한테 말한 거고. 은섭이란 사람도 지금 막다른 골목에 몰렸어."
"그 부모님 이야기가 사실이면 너무 불쌍해요."
"그 당시 은섭이란 사람에게 이미 몸주신이 있음에도, 탐이 나니까 이무기가 나선 걸 거야. 저 은섭이란 사람도 큰 신을 담을 수 있는 큰 그릇이라는 뜻이겠지. 아마, 이무기 본인이 들어가고 싶었겠지만 아쉽게도 그만큼은 안되었을 거고. 지금은 상흔을 남겨 기를 빼먹으며 부려 먹고 있는 거지. 신들은 큰 자신이 들어갈 그릇을 보면 절대 놓치려 하지 않는 게 일반적이니까."
"신병. 맞죠?"
"그래. 신병을 내리고, 주변을 다 쑥대밭으로 만

들어서라도 결국 그릇을 차지하지. 신을 인간이 어떻게 이기겠어. 그러니까……. 봐, 소영아. 할머니가 너에게 가지 않으신 건 정말 대단한 결정을 하신 거야. 감사해야 해."
"사장님! 우리 할머니 꼭 구해요!"

소영의 단호한 말에 문 사장이 어이없다는 듯 웃으며 소영의 머리를 쓰다듬었다.

"당연한 거 아냐?"

* * *

준영은 소영이의 핸드폰을 들고 은섭이 가르쳐준 곳으로 가고 있었다. 송 이장의 집 뒤로 산으로 곧바로 나 있는 작은 오솔길이었는데, 사람들이 많이 왔다 갔다 했는지 반들반들 잘 닦여 있었다.

"헉! 당신 누구야!"

준영이 갑자기 나타난 남자의 모습에 깜짝 놀라 소리 질렀다. "헙!" 생각보다 큰 소리에 누가 쫓아올까봐 준영이 자신의 입을 막았다. 눈앞의 남자는 말이 없었다. 그의 몰골은 흉측했다. 얼마나 얻어터졌는지, 온 몸이 멍투성이에 옷은 너덜거렸다.

"당신…, 영가?"

이렇게 또렷하게 보인다고? 겁에 질린 준영이 그 자리에 얼어붙었다. 뒤돌아 도망가면 저 귀가 자신 등에 붙을 것 같았다. 준영이 생각난 듯 주섬주섬 주머니에서 소영이 아까 챙겨준 팔찌를 꺼냈다.

"산 님 기운은 저 이무기가 예민하게 반응하니까, 이건 할머니 신력이 묻은 소영이가 만든 거야. 할머니 기운만 있으니 이무기 눈을 피할 거고, 일단 호신부로 이거라도 가져가! 다시 위험하다 싶을 때 몸에 차. 큰 신을 알아본 큰 귀를 불러들일 수도 있거든." 이라고 말하며 헤어지기 전, 문 사장이 준 것이었다.

준영은 몇 미터 앞에 서 있는 귀에게 눈을 떼지 않고, '역시 문 사장님!' 하고는 팔찌를 팔목에 찼다. 귀가 잠시 주춤하더니 준영에게서 멀찌감치 떨어졌다.

"잠깐! 잠깐! 아니! 왜 하필 내가 가야 하는 쪽으로 가는 건데?!"

그랬다. 영가가 준영이 가야 하는 방향으로 물러난 것이다. 하지만 어쩔 수 없었다. 준영은 고민할 시간이 없었다.

"아! 몰라! 붙든 말든! 너 나한테 붙음 우리 산님이 가만 안 두셔! 얼마나 무서운 분인지 모르지!"

준영이 영가 쪽으로 뛰기 시작했다. 그러자 그 속도에 맞추어 영가가 함께 움직였다. 준영의 옆으로 붙어 움직였다. 준영은 무시하고 싶었지만 시야 가장자리로 흘낏 보이는 영가를 무시하기는 어려웠다.

"제발 따라오지 말라고!"

얼른 은섭이 가르쳐 준 곳으로 가야 했다. 얼마나 뛰었을까……. 오솔길 끝에 나무를 베고 만든 약간 비탈진 공터가 보였다. 조금 더 안쪽으로 들어가니 도자기 등을 구울법한 커다란 가마가 있었다. 준영은 "저기다!"하고는 좀 빠르게 움직여 가마터에 도착했다. 숨을 고르며 가마터의 주변을 살피자, 다행히 다른 사람들의 모습이 보이지 않았다.

"여기구나. 죽은 사람들 소각하는 곳."

말이 가마터지 사실은 화장터였다. 가마 옆으로 꽤 많은 진흙과 벽돌들이 보였다. 시신을 넣고 입구를 봉하는 용도일 것이리라. 돌로 쌓아진 가마 안쪽으로는 성인 셋 정도가 들어갈 만한 크기의 커다란 구멍이 있었다. 준영은 어젯밤 본 나무 구멍과 눈앞의 가마구멍이 겹치자 등 뒤로 소름이 돋는 것을 느꼈다.

"여기나, 저기나 다 사람들이 죽어 나간 곳이잖아. 어, 어?"

이제 생각났다. 자신을 따라온 영가! 어젯밤 나무 구멍에서 준영을 향해 기어오던 그 영가였다! 금발로 염색한 머리카락. 그에 어울리지 않는 생활한복! 맞다. 분명했다. 준영은 용기를 내어 뒤를 돌아봤다. 그 영가가 여전히 있었고, 눈물을 뚝뚝 흘리고 있었다.

"당신, 죽은 지 얼마 안 된 거죠?"

그 영가는 대답하는 대신 손가락으로 어딘가를

가리켰다. 준영은 긴장감에 침을 한번 꿀꺽 삼키고 영가가 가리키는 쪽으로 발걸음을 옮겼다. 가마주변은 고기 타는 듯한 냄새가 곳곳에 배어 있었고, 그것이 시신 냄새라는 생각이 들자 살짝 토악질이 나왔다. 어느새 가까이 온 영가가 어느 나무를 하나 가리켰다.

"으악! 저게 뭐야!"

영가가 굳이 가리키지 않아도 알 수 있었다. 나무에 우는 영가와 귀들이 잔뜩 매달려 있었다. 어떤 귀는 온몸으로 나무 몸통을 껴안고 울고 있었.
누가 들으라는 듯 귀곡성이 점차 커졌다. 은섭의 '가보면 알 것'이라는 말이 이 뜻이었나보다. 영안인 준영이 겁먹을까 봐 자세히 이야기하지 않은 것이 분명했다.

"으윽……."

준영은 가마터 옆, 낫과 톱 등이 들어 있는 도구함에서 땅을 팔 수 있을 만한 미니삽을 찾아 나무 밑을 파기 시작했다. 얼마나 팠을까. 깊이 파지 않았음에도 '탁'하는 소리와 함께, 삽에 금속성의 무언가가 닿는 느낌이 났다.

"이건가?"

준영이 흙을 제거하자, 비닐에 대충 싸놓은 직사각형의 틴 케이스가 나왔다. 비닐을 거두고 상자를 열자, 핸드폰이 대여섯 개 들어있었다. 구형의 3G 핸드폰들.

"대포폰!"

가마터 앞쪽 오솔길에서 부스럭거리는 소리와 사람들의 대화 소리가 들렸다. 소리가 점차 가까워지자, 준영은 당황했다. 손에 잡히는 대로 대포폰 두 개를 주머니에 넣은 후, 숨을 곳이 없나 두리번거리자, 영가가 손가락으로 한 방향을 가리켰다.

"그래! 가보자! 범죄자들보다는 낫겠지!"

준영은 영가가 가리키는 방향으로 숨죽이고 뛰기 시작했다. 가마터 뒤로 이어지는 오솔길. 이곳 역시 먼저 걸어왔던 것처럼 길이 잘 들어있어 뛰기 좋았다. 얼마나 갔을까, 먼저 앞서 도착한 영가가 손으로 흙벽을 가리켰다. 가까이 가보니 토굴 같은 곳의 입구가 있고, 그 위로 나뭇가지 등이 쌓여 있었다. 처음 보는 사람은 그냥 산비탈이겠거니 생각하고 지나칠 만한 곳이었다. 사람 한 사람 들어갈 폭의 토굴 입구에서 준영은 물러섰다.

"여기? 여기에 들어가라고?"

영가는 아무 말 없이 손가락으로 가리키기만 했다. 준영이 토굴 안쪽으로 얼굴만 들이밀었다. 어두컴컴한 것이 절대 들어가고 싶지 않았다.
이런 곳에서 무언가 튀어나와 사람을 잡아먹거나, 귀신이 모여 있다거나……, 영화에서 많이 본 장면이 떠올랐다. 설레발치며 들어간 사람들이 제일 먼저 죽었던 것도 생각났다. 준영은 고개를 절래절래 흔들었다.

"난, 절대 혼자 못 들어가! 무섭다고!"

그러자 준영의 말을 무시하듯, 영가가 미끄러지듯 토굴로 스며 들어갔다.

"네가 더 무서워!!"

준영이 영가를 향해 외쳤다. 영가는 토굴 안에서 더 안쪽을 가리켰다. 가마터 쪽에서 사람들이 웅성거리는 소리가 났다. 아까 제대로 흙으로 덮어 놓지 못해 들킨 것 같았다. 준영은 어쩔 수 없이 토굴 앞을 가리고 있던 나뭇가지들을 치우고 안으로 들어갔다.

안쪽에서 나뭇가지들을 다시 비스듬히 세웠다. 소영의 핸드폰을 켜 손전등을 켜자 밝은 빛이 토굴을 비췄다.

"뭐야 여긴?"

입구에서 들어가는 곳만 좁을 뿐, 안쪽은 생각보다 넓었다. 축축한 공기, 천장에 불빛을 비추니 물이 똑똑 떨어지고 있었다. 입구만 봤을 때는 산비탈 면의 토굴인 줄 알았는데, 막상 들어와 보니 천연 동굴이었다. 이 어둠 속에서도 영가는 희끄무리한 빛을 발하며 준영을 쳐다보고 있었다.

"알았어!"

흰색 계열의 영가다. 푸르죽죽한 멍, 상처투성이긴 해도, 저건 귀가 되기 전의 영가. 해를 가하지 않는다. 준영은 두려움을 참고 핸드폰 빛을 의지해 영가를 따라가기 시작했다.

끄으윽… 끄윽…….

소리가 들린다. 준영은 뒷목에 솜털이 곤두서는 것을 느꼈다. 영가가 손가락으로 가리키는 곳을 핸드폰으로 비추자, 짚으로 만든 멍석더미가 보였다. 그리고 그 밑에서 무언가 조금씩 움직였다. 방금 들은 소리는 저기에서 나는 것이 분명했다. 멍석 밑에 뭐가 있긴 있었다. 그러나 준영은 차마 다가가서 들춰, 확인할 용기가 없었다.

만약 시체라면? 멍석이 조금씩 움직인 것은 시체를 뜯어먹는 쥐 때문이라면? 소리도 사실 신음 소리가 아니고 쥐의 찍찍거리는 소리를 잘못 들은 것이라면?

"으아아아!! 난 못해!!"

준영이 뒤로 물러섰다. 그러나 영가는 여전히 멍석을 손으로 가리키고 있었다. 영가의 눈에서 피눈물이 흐르기 시작했다. 좋지 않은 상황이다. 한 맺힌 영가가 귀가 되려는 순간이다.

"알았어! 알았다고!"

눈 딱 감고, 준영이 멍석을 잡고 확 들췄다. 실눈을 뜨고 바닥 쪽으로 빛을 비췄다. 응? 저것은?

"어! 이봐요! 저기요! 살아 있어요?"

그곳에는 어제 함께 산에 들어온, 폐사찰 체험단 네 명이 나란히 누워 있었다.

"으억, 주, 죽었어도 살아있다고 해주면 안 되겠죠?"

다행히 미약하게나마 가슴이 오르락내리락 하고 있었다. 문제는 몸 상태였다. 네 사람 중 누구 하나 할 것 없이, 얼마나 맞았는지 얼굴이 멍이 들고 몸이 퉁퉁 부어있었다. 지릿한 냄새도 났는데, 아마 똥오줌을 지린 것 같았다. 영가는 가만히 그 사람들을 쳐다보고 있었다. 다행히 피눈물은 멈춰 있었다.

"당신도 이렇게 죽었어요?"

준영이 사람들의 생사를 확인하기 위해 뒤적거리

며, 영가에게 말을 걸었다. 사람이 더 무섭다는 말을 실감하게 되자, 눈앞 영가에 대한 두려움은 이미 사라졌다.

"일단 경찰이랑 119에 전화를……, 어?"

신호가 잡히지 않았다. 동굴 안이라 외부 전파가 차단되는 것 같았다.

"어쩌지……, 일단 아까 들어온 입구로 가야겠다."

준영이 일어서자, 영가가 무서운 표정으로 입구로 가는 길을 막아섰다.

* * *

송 이장이 준비된 신선한 닭피를 나무 주위에 뿌리기 시작했다. 은섭이 나무에 걸려 있던 금줄을 걷었다. 그러자 마을 사람들은 자리를 잡고 각자 가져온 멍석을 깔고 앉았다. 아까 전, 송 이장 집에서 꽹과리, 징, 장구 등을 가져온 사람들이 악사 역할을 맡았는지, 나무 근처로 자리를 잡았다. 제대로 된 제단도, 형식도 없다. 그러나 이 귀물, 귀수. 이무기는 다 받아들인다.

"저런 것들이 더 무서운 법이지. 신도 아닌 게,
신 흉내를 내려고 하네."

문 사장이 조용히, 읊조리자 소영이 고개를 끄덕였다. 일단 은섭과 미리 말한 대로 두 사람은 잘 숨어있었다. 은섭의 신호가 있을 때 나서기로 했다. 지금은 은섭의 말을 들어야 했다. 송 이장 하나면 모를까 지금 이 굿판에 있는 마을 사람들 수만 해도 열 명 이상이었다. 산길을 따라 마을 사람들 몇몇이 더 올라오고 있다. 게다가 범죄자들이 대부분. "이런 곳에서는 칼을 맞아 죽어도 시신조차 찾을 수 없어요."라는, 은섭의 말을 듣는 것이 현명했다.

"사장님, 이제 시작하나 봐요."
"소영아. 집중해. 아무리 이무기 기가 세도 할머니랑 너는 연결되어 있어. 내 생각에는 저 나무 안에 들어있을 것 같은데……. 넌 무조건 뛰어야 해. 알았지?"
"네!"

어느새 나무 구멍을 빠져나온 송 이장이 은섭이 건네주는 하얀 두루마기를 받아 갈아입고 있었다. 문 사장이 코웃음을 쳤다.

"얼씨구, 꼴에 옷도 갈아입네. 왜? 그냥 피 칠갑 된 옷 입고 하지. 그럼 제물처럼 보이고, 몸주신 이 아주 좋아할 텐데."

악사들의 두서없는 악기 소리가 울리기 시작했다. 흰 두루마기를 입은 송 이장이 기도문을 읊으며 제단 아래 준비된 무구를 손에 들었다. 화려한 방울을 양손에 들고 흔들기 시작하자, 괴상망측한 악기 소리들과 방울소리가 뒤섞여 귀가 아플 정도였다.

'아우, 귀 따가워! 그만해! 이것들아!'

양손으로 귀를 틀어막은 문 사장이 송 이장을 노려봤다.

은섭은 제단 옆에 서서 송 이장의 굿놀음에 맞추어 자신의 역할을 하고 있었다. 신아들로서 신아버지 송 이장의 놀음에 맞추어 딱딱 필요한 것을 준비한다. 신내림을 받지 못한 은섭은 직접 산주인을 모실 수가 없었다. 송 이장이나 산주인, 그들의 필요에 따라 몸을 빌려주는 정도였다.

산도깨비가 직접 문 사장의 몸에 강림해 힘을 쓰는 것과는 달랐다. 직접 산주인, 이무기와 말을 할 수 없었기에 이 굿판이 은섭에게도 반드시 필요했다. 산주인이 강림했을 때, 바로 그때다. 은섭이 끼어들어 직접 대화할 틈이 생긴다.

'기회는 단 한 번뿐……. 절대 놓쳐서는 안 돼.'

은섭이 눈도 깜박이지 않고 송 이장에게 집중했다. 얼마 지나지 않아 나무를 타고 내려온 검은 기운이 형상을 완전히 갖추자, 송 이장의 몸짓이 멈추고 통나무처럼 뻣뻣해졌다. 그에 맞추어 악사 흉내를 내며 각자 맡은 악기를 신나게 두들기던 마을 사람들도 멈췄다. 아마, 보이지는 않아도 무겁고 음습한 기운이 머리 위로 내려앉는 것을 느꼈으리라.

송 이장이 머리를 조아렸다. 그 뒤를 따라 마을 사람들도 함께 무릎을 꿇고 땅에 머리를 갖다 대었다. 이윽고 큰 아름드리나무를 둘둘 둘러싼 산주인이 완전히 자리를 잡고 말을 걸었다. 하지만 은섭은 그 자리에 꼿꼿하게 서서 거대한 산주인, 즉 이무기의 눈꺼풀 없는 날카로운 눈을 똑바로 바라봤다.

산주인은 재밌다는 듯 은섭을 쳐다보았다. 그리고 몸뚱이로 칭칭 감은 나무에서 목만을 늘려 은섭의 코앞까지 얼굴을 들이댔다.

"너, 말해봐라."
"네. 감사합니다. 주인님."

 그제야 은섭은 예를 갖추어 절을 올렸다. 아직 고개를 들지 못한 송 이장이 당황한 표정으로 고개를 옆으로 돌려 은섭을 쳐다봤다. 산주인의 허락이 없는 한 고개를 들 수가 없기에, 송 이장은 은섭의 행동을 보고만 있어야 했다.

"제안 드릴 것이 있습니다. 아버지가 제시한 것보다 더 좋은 조건입니다."
"그래? 내가 저 녀석과 어떤 거래를 한 줄은 알고? 말해보거라. 재밌는 놈이구나."

 은섭은 고개를 들고 산주인을 똑바로 바라보며 입을 열었다.

"주인님이 갖고 싶으신 산도깨비터의 두 여자. 아버지가 아닌 제가 데리고 있습니다. 제가 그들을 주인님께 바칠테니 부디 제 소원 하나만 들어주십시오."

송 이장이 벌떡 일어나 "너!"라고 일갈하는 동시에 쾅 하는 소리와 마른 벼락이 떨어졌다. 사람들 근처의 나무가 하나 쓰러졌다. 놀란 송 이장이 다시 땅으로 고개를 박자, 산주인이 말했다.

"건방지긴. 너, 계속 말해라."
"네, 감사합니다. 주인님."

벼락 따위엔 눈 하나 깜짝 안 하는 은섭의 모습에, 산주인은 흥미를 느끼는 것 같았다. 은섭은 때를 놓치지 않고 말을 이었다.

"주인님! 제 다리의 이 족쇄를 풀어주십시오!"

은섭이 말하며 바지를 걷어 올리자, 왼쪽 다리를 휘감은 뱀이 꿈틀대고 있었다. 다리를 조였다 풀었다를 반복하는 뱀의 몸통 아래로, 종아리가 스며든 독기로 시커멓게 변해 있었다. 그 소리를 듣던 송 이장이 다시 벌떡 일어나 은섭의 뺨을 때리며 소리 질렀다.

"네 이놈! 무슨 소리를 하는 게야! 그 물건들 어 딨어! 너희들 당장 그 여자들을 찾아라! 샅샅이 뒤져서라도 찾아내!"

여전히 머리를 숙이고 있던 마을 사람들이 서릿 발 같은 송 이장의 일갈에 어리둥절하다 주춤주춤 일어나 산길을 내려가기 시작했다. 그 모습을 지켜 보던 문 사장이 '그래, 사람들이 다 내려가면 우리야 좋지.'하고 눈을 반짝였다. 옆의 소영은 할머니의 기 운을 느끼기 위해 눈을 감고 집중하고 있었다. 송 이 장은 산주인에게 읍소했다.

"주인님! 제가 그 물건들을 반드시 바치겠습니 다! 평생을 주인님을 모셨습니다! 원래 약속대 로 영생을 주시면 영원히 주인님을 모실 것 입 니다! 저런 피라미와 전 근본이 다릅니다!"
"주인님! 지금 그 여자들은 제가 데리고 있습니 다! 전 이 사람처럼 많은 것을 바라지 않습니다! 주인님의 흔적, 이 족쇄만 풀어주십시오! 주인 님의 신력에 해가 가지 않습니다. 산도깨비를 처리하실 때 신력이 충만하셔야 할 텐데, 이 사 람의 영생을 위해 기운을 쓰시겠습니까!"

송 이장이 은섭의 말이 끝나기 무섭게 말했다.

"기운은 그 신줏단지의 신을 잡아먹으시면 되십니다!"

처음에는 흥미롭게 바라보던 산주인 이무기는 슬슬 지루해지기 시작했다. 결정은 끝났다.

"너, 당장 그 녀석들을 데리고 와라."

산주인은 은섭에게 말하고 길게 늘어뜨렸던 목을 거두어 나무로 돌아갔다.

"네! 고맙습니다! 주인님!"

은섭이 뒤를 돌아 문 사장과 소영이 숨어있는 곳으로 미리 말해두었던 수신호를 보냈다. 문 사장이 소영을 살짝 건들자 소영이 눈을 떴다.

"소영아, 가자. 조심하는 것 잊지 마."
"네, 사장님."

문 사장과 소영은 빠르게 수풀에서 나와 은섭의

옆으로 다가갔다. 그 모습을 보던 송 이장이 입에 거품을 물고 "이 물건들을 잡아라!"라고 소리 질렀지만 이미 마을 사람들이 전부 산 아래로 내려간 후였다. 문 사장과 소영을 본, 산주인의 목소리가 머리 위에서 울렸다.

- 크크크. 오냐. 이제 네게서 내 흔적을 지우마.

은섭의 다리를 감고 있던 검은 뱀의 기운이 사라졌다. 자신의 다리 상태를 확인한 은섭이 문 사장을 향해 고개를 끄덕였다. 문 사장도 고개를 끄덕였다. 자신들을 데려온다는 명분으로 은섭에게 산주인과 직접 거래를 하라고 했던 문 사장의 의견이 맞아떨어졌다. 인간의 몸에 찍힌 신이나 귀의 상흔 즉 흔적은 그 당사자가 지우는 것이 가장 탈이 없기 때문이었다. 어차피 문 사장이 모습을 드러내야 했기 때문에, 은섭은 손해를 볼 것이 없었다. 그리고 이것으로 송 이장과 산주인을 분열시킬 수 있었다. 아니나 다를까 송 이장이 노기에 차 소리를 지르며, 바닥에 놓여 있던 검을 들고 마구잡이로 휘두르기 시작했다.

"네 이놈! 송은섭! 감히 네가!"
"누가 송은섭이야! 난 김은섭이야! 이 살인자!"

은섭이 자신에게 달려드는 송 이장을 냅다 밀어 버렸다. 노인인 송 이장은 은섭의 힘을 이기지 못하고 뒤로 고꾸라졌다. 산주인은 인간의 싸움에는 관심이 없다는 듯, 목을 늘려 얼굴을 소영의 앞으로 들이밀었다. 소영은 갑자기 다가온 거대한 뱀의 얼굴에 놀라서 뒷걸음을 쳤다. 기쁜 듯 소영을 쳐다보며 산주인이 기괴한 소리로 웃어댔다.

"너, 너구나! 그릇으로 완벽하다!"

그에 맞추어 주변의 나무에 주렁주렁 달려있는 창귀들이 곡소리를 냈다. 문 사장이 소영과 산주인 사이로 비집고 들어갔다. 그리고 거대한 산주인의 머리를 주먹으로 퍽 소리가 나게 쳤다. 역시나 눈에 뵈는 게 없는 문 사장이었다.

인간에게 맞아본 적이 없던 산주인 이무기는 잠깐 멈칫했다. 송 이장과 은섭마저 헉 소리도 못하고 문 사장의 기행에 숨을 멈췄다. 아무리 악신이라도 신이다. 그런 존재를 맨손으로 때려? 문 사장이라는 저 여자! 제정신이 아니다! 송 이장은 이 틈에 얼른 산주인을 향해 외쳤다.

"주인님, 이런 것들조차 뒷배인 산도깨비를 믿고

이렇게 설쳐댑니다! 제 충성을 보여드리겠습니다!"

 말릴 새도 없이 송 이장이 검을 들고 제물로 잡아온 노루를 향해 달려들었다. 제물을 바치는 순간, 싫든 좋든 어떤 것이든 일단 거래가 시작될 수 있다. 이것은 산주인이 송 이장에게 내건 거래 조건 중의 하나였다. 거래의 시작을 위한 제물, 그리고 원하는 것에 걸맞는 제물. 최소 둘 이상의 제물이 필요했다. 원하는 것이 크면 클수록 제물의 격이 올라갔다.
 이번 시작 제물은 그냥 노루도 아니고 영물이다. 이 정도의 제물이면 꽤 괜찮은 거래를 할 수 있는 조건이었다. '이럴 줄 알았으면 손님 한둘을 남겨둘 것 그랬군.'이라고 생각하며 송 이장은 노루의 목을 찌르려고 검을 치켜들었다.

"안돼!"
"윽, 뭐냐! 이거 안 놔! 이 배은망덕한 놈!"

 은섭은 송 이장의 뒤에서 검을 쥔 손을 제지하며 몸싸움을 벌였다. 그 사이 소영이 뛰어가 노루를 묶은 끈을 풀었다. 일어선 노루는 다리가 풀린 듯 한 번 넘어지고는, 다시 일어나 빠르게 뛰어 산속으로 사라졌다.

소영은 문 사장과 대치 중인 산주인의 눈을 피해 나무 구멍으로 접근했다. 칭칭 감겨 있는 금줄과 부적들을 피해 바닥을 기어 나무 구멍으로 들어갔다. 문 사장은 산주인 머리 뒤로 소영이 나무 구멍으로 사라지는 것을 확인했다. 산주인은 얻어맞은 것보다, 자신을 건들 수 있는 문 사장의 존재가 신기했다. 이런 인간은 처음이다.

"역시, 빌어 태어난 아이는 다르군. 너 겁도 없고, 마음에 든다. 저 여자의 몸을 타고 내 직접 산도깨비를 찢어발길 것이다."
"역시. 그릇이네 뭐네 하더니. 소영이 몸에 들어가려고? 웃기지 마. 소영이한테는 제대로 명패를 든 신이 와 있어. 너 같은 짐승이랑은 차원이 다르지! 감히 어딜!"
"그깟 신? 나는 더 큰 신이다. 나한테 잡아먹힌 신들이 몇인 줄 아느냐?"
"흥. 너, 지금 네 입으로 실토했어. 네 말 위, 아래에서 다 듣고 있다는 거 알지? 이 산이 네 둥지인 것 같은데. 오늘로 끝이야!"

문 사장이 실없는 말싸움을 걸며 계속 곁눈질로

나무를 쳐다보는데, 드디어 소영이 신줏단지를 찾아 밖으로 기어 나오는 것이 보였다.

'그래. 소영아, 얼른! 옆 산으로 뛰어!'

문 사장과 눈이 마주친 소영이 고개를 한 번 끄덕였다. 그리고 신줏단지를 끌어안고 곧바로 산 아래를 향해 뛰기 시작했다. 소영이 도망치는 것을 본 산주인이 송 이장에게 외쳤다.

"너, 저 인간을 잡아 와라! 네 소원이 뭐든 들어주마!"

산주인의 말을 들은 송 이장이 은섭을 온몸으로 밀었다. 반동으로 은섭이 잡고 있던 송 이장의 팔을 놓치자, 송 이장이 검을 들고 소영을 쫓아 산길을 달리기 시작했다. 그 뒤를 은섭이 따라 뛰어갔다. 분노한 듯 고개를 높이 들고 이러저리 흔드는 산주인 꼴이, 마치 거대한 뱀 같았다. 문 사장이 눈을 감고 산도깨비를 청했다.

"……?"

눈을 뜬 문 사장이 당황한 듯 다시 눈을 감았다.

"……!"

문 사장이 눈을 뜨자, 산주인이 낄낄거렸다.

"왜? 산도깨비 그 더러운 놈이 네 몸에 들어오지 못하는 것이냐? 당연한 것이 아니냐. 이 산은 내 터다. 그 더러운 놈이 함부로 날뛸 수 있는 곳이 아니라는 게지. 흐흐흐, 겁도 없이 달려들었구나. 하룻강아지들 같으니. 너도, 곧 잡아올 신도 그릇이 될 인간까지 전부 먹어주마. 그 더러운 산도깨비 표정이 어떨지 궁금하구나. 흐흐흐."

문 사장이 당황하는 찰나, 산주인은 빠르게 나무에서 꼬리를 풀어 도망갈 수 있는 산길을 막아버렸다. 직접 본 이무기의 크기는 실로 어마어마했다. 애당초 영수라는 존재를 접해본 적이 없어서, 문 사장은 머리를 굴려도 대응책이 떠오르지 않았다.

'산 님처럼 이곳 터주가 되어버렸을 줄은……. 산의 신령이 저놈한테 잡아먹힌 게 맞구나. 어

떻게 용이 되려던 영물이 저런 귀물이 된 거지? 저놈이 날아서 소영이를 따라가면 절대 안 돼!'

산주인 이무기를 향해 질문이라도 던져 시간을 끌려고 할 때, 송 이장의 웃음소리와 와글대는 사람들의 목소리가 들려왔다.

"!"

문 사장이 산길로 고개를 돌리자, 신줏단지를 꼭 껴안은 소영과 은섭이 마을 사람들에게 끌려오고 있었다. 은섭은 맞았는지 턱이 붉게 부어있었고 소영은 청바지에 흙먼지가 잔뜩 묻어 있었다. 그래도 둘 다 제 발로 걷고 있는 것을 다행이라고 생각하며 문 사장이 송 이장에게 쏘아붙이듯 말했다.

"야 이, 미친놈아! 너 후회할 짓 하지 말고 지금이라도 멈춰! 너 같은 놈을 저 이무기가 정말 도와줄 것 같아? 다 늙어서 신기가 떨어졌으면 옥수 떠놓고 기도나 하고 살 것이지! 어디 이딴 마을을 만들어서 사람을 해쳐!"

송 이장이 히죽거리며 문 사장을 쳐다봤다.

"너야말로 뭘 모르나 본데, 주인님에게 원래 내가 모시던 신을 공양한 게 나란 사람이다. 모시던 신을 버릴 정도로 난 야망이 큰 사람이지. 너 같은 빌어 태어난 것과 본질이 달라! 모시던 신보다 더 큰 신을 모시고, 그 덕을 보겠다는데! 그게 뭐가 나빠! 난 이미 신을 하나 바쳤으니 그만큼 받을 자격이 충분해!"

분명 문 사장을 향해 말하고 있지만, 내용은 산주인에게 자신이 이렇게까지 했다고 고하는 것처럼 들렸다. 문 사장은 가슴 한곳이 답답해짐을 느끼며 송 이장의 말을 받아쳤다.

"불쌍한 인간. 영생? 웃기고 있네. 저깟 귀물 따위가…… 가당치도 않지. 내가 그 윤회라는 지옥에서 빠져나온 지 얼마 안 되서 하는 말인데! 인간이면 인간답게 굴어! 신들의 영역에 발들일 생각 말고!"

문 사장을 한번 노려본 송 이장이 뒤에 서 있던 마을 사람들에게 외쳤다.

"제단에 그것들을 올려라!"

사람들이 일사불란하게 소영과 은섭을 제단으로 끌고 가는 것을 보며 문 사장이 송 이장에게 달려들었다. 그리고 송 이장의 얼굴에 주먹을 날렸다.

"으헉!" 소리를 내며 송 이장이 땅바닥으로 넘어지자 남아 있던 몇몇의 마을 사람들이 문 사장을 제지하기 위해 달려들었다. 그러나 문 사장은 만만치 않았다.

"야이, 새끼들아! 안 비켜? 난 한 놈만 패!"

문 사장이 사람들에게 잡히지 않기 위해 어깨와 팔을 휘두르며 마지막 발길질로 바닥에 누워 있던 송 이장의 얼굴을 퍽 소리가 날 정도로 차자, 송 이장이 다시 한번 비명을 지르며 코피를 쏟기 시작했다.

"아프냐? 이무기도 때린 난데, 너 같은 놈 때리는 것은 일도 아니야! 너 이리 안 와! 너넨 뭐야! 이거 안 놔!"

양쪽에서 어깨가 잡힌 문 사장이 송 이장을 향해 헛발길질을 하며 소리 질렀다. 그때, 나무 위에 똬리를 튼 산주인이 땅에서 벌어지는 난리통을 바라보다 입을 열었다.

"저 빌어 태어난 것이 아주 성격이 더럽구나. 더러운 산도깨비 놈의 수하 아니랄까 봐! 감히 내 터에서 행패를 부려!"

노기에 찬 산주인의 목소리가 뇌리에서 터졌다. 그 소리를 들을 수 있는 사람들이 귀를 막고 자리에 주저앉았다. 소리를 넘어 뇌로 직접 전해지는 고통에 눈알이 빠져나갈 듯했다.

문 사장의 귀에서 붉은 피가 흘렀다. 문 사장의 모든 기운을 통과시키는 특이체질인데, 산주인의 음성이 물리적으로 뇌를 건드린 것 같았다. 통증이 느껴진다는 것은 신력이 육체에 작용한다는 것. 역시 이 산은 흉산이다. 신들을 먹고, 지금껏 인간들을 공양받고 있던 귀물. 악신이 된 영수가 터주신으로 있는 흉산. 일반적인 악귀, 악신 정도가 아니었다.

'큰일이다! 피가 난다고? 기운을 통과시키기만 해봤지 이렇게 직접 건드는 놈은 처음이야. 내가 너무 만만하게 생각했네, 악신도 신이라고……, 저놈이 살을 내리면 지금 상태에서는 위험할지도……'

문 사장이 아픈 귀를 잡고 비틀댔다. 그러자 영안

이 없어 별 타격이 없던 마을 사람들이 이때다 싶어 문 사장의 다리를 걷어차 바닥에 꿇어 앉혔다.

"사장님!"

소영이 제단에 올려져 소리를 질렀다.

"도망간 노루 대신 은섭이 저놈을 첫 번째 제물로 써야겠군. 문 사장이란 여자를 제단으로 끌고 와! 빌어 태어난 저 물건이 진짜 제물이다!"

흐르는 코피를 닦으며 송 이장이 분한 표정으로 문 사장을 노려봤지만, 문 사장이 다시 높게 발을 올려 발길질을 해대자 얼른 뒤로 물러섰다. 진짜 성깔 더러운 여자다! 송 이장은 움찔대며 발걸음을 옮겨 나무 위 산주인에게 다가가 절을 했다.

"그래. 내 너를 믿겠다. 오래된 놈이 낫겠지. 그리고 저놈은!"

산주인이 은섭을 향해 눈을 돌리자, 은섭의 양 다리에 검은 기운이 올라오더니 뱀의 형상을 갖추고 조여대기 시작했다.

"아악!!"

은섭이 고통스럽게 비명을 질렀다. 그에 아랑곳하지 않고 사람들이 은섭을 제단 위로 올려 소영의 옆에 눕혔다. 곧 문 사장도 끌려와 제단 앞에 내동댕이치듯 앉혀졌다. 저항하지 못하게 여전히 양쪽 어깨를 누르며 사람들이 송 이장의 다음 명령을 기다렸다.

"자, 시작한다! 악사는 어딨는 게냐! 신명나게 두드려라! 주인님이 기뻐하신다!"

다시 두서없는 시끄러운 악기놀음이 시작되었다. 양손에 검을 쥔 송 이장이 아까보다 더 한 몸짓으로 검을 휘둘렀다. 썩어도 준치라고 박수무당 시절 제대로 배웠는지 검무는 화려했다.
박자 하나 안 맞는 소음 소리 속에서 산주인 이무기가 만족스럽게 껄껄 웃어대는 것이 느껴졌다. 그러다 갑자기 송 이장이 몸짓을 멈추었다. 그리고 옆으로 흔들흔들 몸을 흔들며 기도문을 읊기 시작했다. 그에 맞춰 악기를 두드리던 사람들이 다 함께 일어나 송 이장을 따라 서서히 몸을 흔들거리기 시작했다.

눈앞에서 벌어진 기괴한 광경에 문 사장이 미간에 주름이 생겼다.

'뭐야? 다 함께 의식을 치르는 건가? 일반인들일 뿐인데 왜?'

송 이장을 따라 같은 동작으로 오른쪽 왼쪽으로, 몸을 왔다 갔다, 흔들흔들 움직이는 사람들의 눈에는 초점이 없었다. 마치 송 이장과 한 몸이 된 듯 똑같이 움직이는 스무 명 남짓의 사람들은 마치 천천히 움직이는 오뚝이들처럼 보였다.

산주인 이무기가 나무를 한 번 크게 돌며 똬리를 틀고는 기쁜 듯 고개를 흔들었다. 쉑쉑거리는 소리에 문사장이 고개를 돌리니 뿔과 수염이 달린 거대한 머리를 치켜들고, 마치 뱀처럼 긴 혀를 빼고 있었다. 그 모습이 마치 먹이를 노리는 뱀의 모습과 같았다.

'하긴, 원래 이무기라는 것이 뱀이 영물로 변한 것이니 본질은 뱀이지. 저 귀물. 이제 뱀도 이무기도 아니고 그냥 괴물이구나. 그리고 저 사람들 이 의식으로 강제로 영안이 열리고 있어! 설마 저 사람들도 공양 제물로 만들려고?'

문 사장이 송 이장의 행태에 치를 떨었다. 일반인보다 영안이 트인 사람들이 제물로 더 가치가 있다. 어릴 때 무당 김순호에게 배웠던 것들이 떠올랐다.

'저 많은 사람들의 영안을 강제로 열정도면, 송 이장이란 놈도 보통이 아니구나. 이 말도 안 되는 의식이 효과가 있단 말이야?'

잠시 후, 송 이장이 흔들거림을 멈췄다. 그러나 사람들은 여전히 양옆으로 몸을 흔드는 것을 멈추지 않았다. 송 이장은 자신과 제일 가까이에 있는 마을 사람 하나의 복부에 검을 꽂았다. 망설임이 없는 깨끗한 살인이었다. 눈앞에서 목격한 살육에 문 사장과 제단 위의 소영이 경악했다.

송 이장은 피 묻은 손을 뻗어 누워 있는 소영에게 신줏단지를 빼앗았다. 그리고 소영의 머리 위쪽으로 옮긴 후, 기도문을 크게 읊기 시작하며 붙여져 있던 부적을 떼어냈다.

'송 이장이 신내림을 청하고 있다! 자신에게? 소영에게?'

곧바로 거대한 산주인이 나무를 타고 내려왔다.

문 사장의 눈앞을 지나는 거대한 몸뚱이에서 비린내가 진동했다. 문 사장이 움직이려고 했지만, 꽉 잡힌 어깨로 일어설 수조차 없었다.

"드디어 그릇이 준비되었구나! 이 산에 묶여 보낸 세월 동안 그 더러운 놈을 찢어발길 날만 기다렸는데! 이렇게 나를 담을 그릇이 그놈의 터에 있었다니! 내 반드시 그놈을 직접 죽일 것이다!"

이무기가 소영을 향해 달려들었다. 그 순간, 머리맡 신줏단지에서 흘러나온 하얀빛이 더 빠르게 소영의 정수리로 들어갔다. 그리고 달려들던 산주인의 머리가 소영의 몸에 닿자마자 그대로 튕겨 나갔다.

"이게, 무슨!"

송 이장이 뭔가 잘못된 것을 알고 당황해하며, 뒤로 튕겨 나간 산주인을 쳐다봤다. 화가 잔뜩 난 산주인의 머리가 살모사처럼 변하기 시작했다.

"저것이! 먼저 몸을 차지하다니! 잡아 먹히려고 알아서 나왔구나!"

산주인이 들어가기 전, 할머니가 더 빠르게 소영의 몸을 차지했다. 눈앞에서 갈 곳을 빼앗겨, 붕 떠버린 산주인 이무기의 분노가 하늘을 찌르자, 갑자기 비가 내리기 시작했다. 말로는 잡아먹으려고 한다지만, 소영의 몸에 들어간 신의 크기가 생각보다 커 산주인은 빠르게 그 주변을 돌 뿐이었다.

"결국 이 산은 내 터이다. 시간이 흐르면 내 기운이 신을 누를 테고 그때 너희 모두를 먹어주마! 시간은 나의 편이다!"

그 말에 화들짝 정신을 차린 송 이장이 마을 사람들에게 소리 질렀다.

"저 제물을 단단히 잡아라! 도망치지 못하게!"

흔들거리던 사람들이 갑자기 소영에게 달려들었지만, 소영은 편안한 표정이 되어 여유롭게 주위를 둘러보기 시작했다. 소영을 잡으려던 사람들이 주춤대며 제단에 다가가지 못했다. 아마 할머니의 기운에 눌린 것이리라. 아까 송 이장이 무슨 짓을 했는지 마을 사람들의 단체로 영안이 열려 이런 효과가 난 듯했다. 송 이장이 더욱 당황해하다, 부들부들 떨며 산주인을 쳐다봤다.

쓸모없는 것!

송 이장이 살려달라 외치며 바닥에 머리를 박았지만, 분노한 산주인 이무기가 아가리를 벌리고 송 이장에게 다가왔다.

"제발 살려주십시오! 그냥 제명에 죽게 살려만 주십시오! 주인님!"

영생은커녕 이 자리에서 살 맞아 죽게 생긴 송 이장이 간절히 외쳤다. 그러나 산주인은 그럴 생각이 없어 보였다. 어차피 훌륭한 그릇이 눈앞에 있다. 먹을 인간들도 충분하다. 더는 송 이장은 필요가 없었다. 자신을 지나 송 이장을 향하는 거대한 몸뚱이를 보며 문 사장이 서서히 일어났다. 어깨를 잡고 있던 사람들이 힘을 줘서 다시 앉히려 했지만 소용없었다. 문 사장이 거대한 이무기의 꼬리를 잡았다.

"감히 나에게 또다시 손을 대?"

이무기가 송 이장을 향했던 머리를 문 사장에게

돌리자, 눈이 뒤집힌 문 사장이 웃으며 말했다.

"어, 너였구나! 구렁이! 이제 생각났다!"

어느새 산도깨비가 문 사장의 몸을 타고 있었다.

"왜 이리 늦은 게야! 귀한 내 자손 힘들게!"

몸을 일으키는 소영의 입을 통해 할머니의 음성이 흘러나왔다.

9.

동굴 입구가 무너져 내렸다. 갑자기 엄청난 비가 쏟아지더니 어설프게 얹어놓은 나무 위로 토사가 흘러 그대로 입구를 덮친 것이다. 조금만 빨리 나갔으면 나무에 깔릴 수도 있었는데, 갈치가 막아서는 바람에 주춤거린 준영이 다행히 화를 면한 것이다.

"뭐야! 갑자기 웬 비야?"

입구가 막혀버렸다. 이 어둠 속에 준영은 산송장

같은 사람이 셋, 귀 하나와 갇혀버린 것이다. 이제 귀가 무서운 게 아니라 전파가 잡히지 않는 이 상황이 무서워졌다. 게다가 빨리 병원으로 옮기지 않으면 저 사람들도 위험했다.

"내가 여기 있다는 것을 아무도 모를 텐데, 어쩌지?"

애초에 은섭이 말한 곳은 가마터였다. 그곳을 벗어나 이런 토굴에 자신이 들어와 있다는 것을 문 사장이나 소영에게 알릴 방도가 없었다. 아마 이곳이 '광'이란 곳이겠지. 영가가 손가락으로 굴 안쪽을 가리켰다.

"또? 이번엔 도대체 뭐가 있는 건데!"

준영이 다시 사람들이 누워 있는 곳까지 걸어와 동굴의 더 안쪽을 핸드폰으로 비췄다. 훨씬 더 안쪽 빛이 닿는 끝에, 시커먼 어둠 속 무언가가 보인 것 같았다.

"뭐야! 무섭게!"

말은 그렇게 해도 다른 입구를 찾기 위해서라도 어차피 굴 안쪽을 둘러봐야 했다. 준영은 입이 바짝 마르는 것을 느끼며 핸드폰 빛에 의지해 안쪽으로 조심스레 걸어 들어갔다.

"저건?!"

어두운 굴 안쪽으로 짚으로 만든 허수아비가 빽빽이 들어차 있었다. 빛을 비추는 곳마다 준영의 무릎 정도 크기의 작은 허수아비가 줄지어 서 있었다. 자신에게 달려들 것 같은 기분에 준영이 겁을 먹고 뒤로 물러섰다. 등을 보이면 악마 들린 인형처럼 자신을 쫓아오는 것이 아닌가라는 생각에 천천히 뒷걸음을 쳤다.

"?"

허수아비 중 하나의 옆에, 영가가 서 있었다. 그리고 준영을 한 번 쳐다보고는 그 허수아비 속으로 사라졌다.

"뭐야?"

계속 봐와서 이제 저 영가는 무섭지 않다고 생각했는데, 허수아비로 들어간 모습을 보자 '정말 귀신 들린 인형이다!'라는 생각이 들자 등골이 오싹해졌다. 하지만 사라지기 전, 준영을 쳐다보는 영가의 얼굴이 울 것 같은 표정이어서, 준영은 뒷걸음질을 멈추고 그 허수아비에 빛을 비추었다. 분명 여기까지 자신을 데리고 온 이유가 있을 것이고, 그 이유가 저 허수아비라는 결론을 내렸다.

준영은 심호흡을 한 번 하고 팔목의 호신부 팔찌를 한번 쓰다듬고는 허수아비 사이로 발걸음을 옮겼다. 영가가 들어간 허수아비를 무릎을 꿇고 살피자, 역시나 예상대로 몸통 부분에 큼지막한 부적이 붙어 있었다. 그런데 이미 반쯤이 떨어져 팔랑거렸다.

그동안 문 사장, 산도깨비 그리고 할머니에게 이것저것 귀동냥을 꽤나 해왔다고 생각했지만, 문 사장은 무당이 아니었기에 이런 부적이나 비방법 같은 것들은 잘 모른다고 했었다.

"건들어도 되는 건가? 동티나는 거 아니야?……
어? 이거 뭐야?"

손가락으로 부적을 눌러보는데 가운데가 쑥 들어갔다. 준영이 에라 모르겠다 하며 부적을 떼자, 허수아비 몸통 가운데에 손가락 세 개 정도 들어갈 크기의 구멍이 보였다. 그리고 그 구멍 안에는 무언가 들어있었다.

"복주머니?"

안에는 꼬깃한 작은 복주머니가 들어가 있었는데, 준영이 빼내어 내용물을 확인하고는 "으악!" 소리를 지르며 복주머니를 땅에 떨어뜨렸다. 복주머니 안에는 사람의 엄지손가락, 사진 그리고 머리카락이 돌돌 말려 들어있었다. 덜덜 떨며 떨어진 손가락에서 눈을 떼지 못하는데, 보다 보니 색이나 모양이 뭔가 이상했다. 준영이 용기를 내 떨어진 손가락을 더 자세히 보려고 빛을 가까이 들이댔다.

"이건……, 실리콘?"

손가락을 본뜬 실리콘 손가락이었다. 진짜 사람 손가락이 아님에 가슴을 쓸어내리며 그 기세를 몰아 복주머니의 내용물을 자세히 살피기 시작했다. 예상대로 사진 속의 인물은 이곳으로 자신을 이끈 영가였다. 폴라로이드 사진에는 겁에 질린 얼굴이 찍혀 있었는데, 표정만으로도 얼마나 공포를 느꼈는지 준영에게 생생히 전해질 정도였다. 사진에는 볼펜으로 이름과 주민등록번호가 적혀 있었다. 이 영가의 이름은 심주성(갈치)이라고 적혀 있었다.

"심주성…… 갈치? 별명인가? 으윽, 머리카락은 또 뭐야! 어디다 쓰려고 저런 걸……."

실리콘 손가락에는 엄지 지문이 떠져 있었다. 아마도 죽인 사람들의 신분을 이용하려고 만든 것이 아닐까 짐작했다. 여차하면 자신도 이 꼴이 될 수도 있었을 거라는 생각을 하니, 준영은 소름이 끼쳤다.
 준영은 일어나 주위를 둘러봤다. 빛이 닿는 곳마다 허수아비가 서 있었다. 허수아비들 위로 하얀 아지랑이 같은 것이 올라왔다 내려왔다 하는 것이 보였다. 모든 허수아비들이 그런 것은 아니고 몇몇의 것들에서 현상이 나타났다. 준영의 영안으로 보이는……, 어둠 속에서도 선명한 백색 빛. 영가의 색.

"도대체 얼마나 많은 영가들이 있는 거야?"

안쓰럽다. 이제 무섭다는 생각보다 안쓰럽다는 생각이 들었다. 여기 혼이 묶여 있는 건가? 도대체 왜? 준영은 다시 빛을 한 번 비추고는 베터리를 확인했다. 핸드폰의 베터리가 이제 한 칸이 남아 있었다.

　준영은 갈치의 물건들을 다시 복주머니에 넣어 주머니에 넣었다. 일단 이곳을 빠져나가야 한다. 멍석에 말려 있던 저 세 사람…, 자신이 아니면 죽을 수도 있다는 책임감이 느껴졌다. 준영이 빛을 이곳저곳에 비추자, 기다렸다는 듯 갈치가 다시 나타나 손가락으로 어딘가를 가리켰다.

"알았어요."

　준영은 갈치를 향해 발걸음을 옮겼다. 허수아비들을 지나쳐 조금 더 안쪽으로 들어가자 밖에서 들어오는 빛이 보였다. 준영이 빛을 향해 뛰어가니 쇠창살로 된 문이 있고, 밖에서 쇠사슬로 묶여 잠겨 있었다. 입구가 막힌 동굴에 다행히 산소가 부족할 일은 없다라고 생각하며 준영은 쇠창살 문을 흔들었다. 시뻘겋게 녹이 슨 창살을 보니 안 쓴지 오래된 것 같았다.

"도대체 여긴 무슨 용도인 거야? … 잠깐! 핸드폰! 여기서는 될지도 모르겠다!"

핸드폰의 안테나가 다 떠 있었다.

"좋았어! 지금 내가 움직이지 못하니, 플랜 B 다!"

준영이 소영의 핸드폰에 저장된 번호로 전화를 걸었다.

* * *

산주인 이무기는 몸짓을 멈췄다. 이 경박한 말투. 수백 년을 잊지 않은……! 씹어먹어도 시원찮은……!

"네 이놈!! 더러운 산도깨비!!"

천둥같은 이무기의 포효에, 주변 나무들에 붙어 있던 창귀들이 일제히 숨어 귀곡 소리를 내기 시작했다. 송 이장과 갓 영안이 트인 마을 사람들은 뇌가 울릴 정도의 충격을 받고 귀를 막고 쓰러졌다. 귀에서 흐르는 피를 손으로 닦으며 송 이장이 몸을 벌벌 떨었다.

신이 셋!

송 이장은 본능적으로 느꼈다. 여기 더 있다가는

살 맞아 죽는 것보다 더 큰 벌전을 받는다! 팔꿈치를 간신히 움직여 땅을 기어가다 벌떡 일어나 산 밑으로 뛰기 시작했다. 도망가는 송 이장의 뒤를 마을 사람들이 좀비처럼 따라갔다.

"아둔한 것. 저런다고 도망갈 수 있다고 생각하는 것을 보니, 이무기 네 제자가 맞는 것 같구나! 껄껄껄!"

산도깨비의 순수한 조롱에 이무기의 살기가 하늘을 뻗치기 시작했다. 먹구름이 피어오르고 장대비가 쏟아지기 시작했다. 창귀들이 더 크게 구슬픈 울음소리를 내자, 산도깨비가 인상을 쓰고 이무기를 향해 호통쳤다.

"저 불쌍한 객귀들을 언제까지 잡아둘 참이냐! 다 잡아먹은 것도 아니고, 먹다 말고 나무에 걸어둔 건 무슨 못된 심보인 게야! 여긴 저승보다 더 하다! 당장 풀어주거라!"
"웃기는군. 저승 신장에서 쫓겨난 주제에, 저승과 비교라니. 너야말로 이곳과 어울리지 못하는 존재이니, 죽어 마땅하다. 죽여주마!"

이무기가 거대한 입을 열고 산도깨비가 씌인 문 사장을 향해 달려들었다. 눈을 감은 문 사장이 다시 눈을 떴다. 눈동자가 있었다. 그 뜻은.

"너 내 체질 모르지? 빌어 태어난 난, 나란 인간
은 말이지!"

문 사장이 무서운 속도로 코앞까지 온 이무기를 비웃었다. 그대로 문 사장의 몸을 통과한 이무기가 당황해 뒤를 돌자, 문 사장의 몸을 아직 다 통과하기 전의 꼬리를 문 사장이 잡는 것이 느껴졌다. 고개를 뒤로 돌려 이무기를 쳐다보는 문 사장의 눈이 다시 허옇게 뒤집혀 있었다. 이번에는 산도깨비다! 양손으로 이무기의 꼬리를 잡은 산도깨비가 엄청난 힘으로 이무기를 땅으로 내동댕이쳤다. 꼬리를 잡고 다시 한번 반대쪽으로 내치자, 이무기의 거대한 몸 때문에 땅에 진동이 일어날 정도였다.

인간이? 산도깨비가? …그렇구나! 이무기가 드디어 진실을 알고 이를 뿌드득 갈았다.

"네 놈! 방금이 아니라 계속 인간의 몸에 있었구
나! 그래서 아까도 저 인간이 나를 칠 수 있었던
게야!"

"이제야 알았느냐? 맞고서도 몰랐다니. 네가 이 흉산에서 신으로 살면서 눈이 멀었구나!"

문 사장의 모든 것을 통과시키는 체질, 그 몸에 언제든 씌일 수 있는 저승신장 산도깨비와의 거래. 들어갔다 나갔다 하는 것만 적절히 이용하면 비어있는 문 사장의 몸 자체가 산도깨비의 '터'가 될 수 있는 것이다. 흉산이 이무기의 터이지만, 지금 잡혀 있는 이무기는 산도깨비터에 잡혀 있는 것과 다름없었다. 그 말은 산도깨비의 힘이 완전히 운용될 수 있다는 것! 그것을 깨달은 이무기는 아차 싶었다. 그러나 이미 늦었다.

카아아악!!

이무기의 비명이 산을 울렸다.

"아직 멀었다! 오래 산 놈이라 그런지, 아님 인신공양을 받은 놈이라 그런지 질기기도 하구나!"

손으로 꼬리 부분과 몸통 부분을 잡고 "웃차!" 하는 작은 기합소리를 내자 댕강거리던 것이 찢어졌다. 검은 기운이 공기 중으로 퍼졌다.

카아악!! 카아악!!

"왜? 아프냐? 네가 한 입만 먹고 매단 저 불쌍한 귀들도 그럴 것이야! 당장 풀어줘라! 아, 참! 어이 할멈! 이건 독기이니 피해 있으시…, 응? 이 할멈이 어딜 간 게야?"

산도깨비가 제단 위를 보자 소영이 보이지 않았다. 두리번대자 나무 구멍에 앉아 비를 피하던 소영이 고개를 빼꼼 내밀었다.

"내 귀한 자손 감기든다!"

할머니의 목소리가 소영의 목을 통해 나왔다. 역시 자손 사랑이 극진한 신이다. 나무 언저리에는 언제 뜯어냈는지 부적들이 잔뜩 뜯겨 금줄과 함께 나뒹굴고 있었다.

"…… 혼자 비 피하러 귀목에 들어간 게야? 하여간 할멈도 대단하네. 허허. 지금 할멈 기운이 없으니 조심하시게!"

그사이, 몸의 일부분이 뜯긴 이무기가 고통에 크게 몸을 뒤틀고는 잡아먹을 것이 없나 눈에 불을 켜고 찾았다.

"저놈!"

제단 밑에서 고통에 떨고 있던 은섭이 눈에 들어왔다. 신기도 있기에 지금 당장 먹으면 기운이 조금은 돌아올 것이다. 소영 몸에 들어간 신을 빼내 잡아먹을 시간이 없었다. 이무기가 크게 몸을 뒤틀자 산도깨비의 손이 꺾이며 잡고 있던 몸통을 놓쳤다. 틈을 놓치지 않고 이무기가 곧바로 은섭을 향해 돌진했다.

"흔적을 남기길 잘했군!"

은섭의 양다리에 꿈틀대는 뱀의 형상. 이무기가 남긴 흔적이 은섭의 몸으로 들어가는 길이 되었다. 들어서기만 하면 된다. 그러면 혼도, 몸도 먹어치울 수 있다! 인간의 몸을 한 겹 휘감으면 산도깨비도 신령인지라 함부로 힘을 부릴 수 없을 것이라고 판단했다. 상황을 봐 인질로 잡아도 될 것이다. 이무기가 은섭의 몸으로 난 길을 타고 들어갔다.

그 모습을 보던 문 사장이 외쳤다.

"플랜 B!"

문 사장이 고통스러워하는 은섭의 몸을 위로 향하게 눕혔다. 뱀 두 마리가 여전히 다리를 감고 있자, 산도깨비의 힘을 운용한 손으로 뱀모양의 이무기 기운을 뜯어냈다. 어느새 뛰어온 소영이 근처에 숨겨두었던 문 사장의 낡은 가방을 내려놓았다.

"잘했어, 소영아!"
"할머니는 다시 신줏단지에 모셨어요. 얼른 시작하세요!"

문 사장이 가방에서 금줄을 꺼냈다. 산도깨비의 기운이 담긴 금줄로 은섭의 손과 발을 묶었다. 소영은 가방을 뒤져 매듭 뭉치를 꺼냈다. 할머니의 기운이 묻은 매듭을 아까 뱀들이 감고 있던 양쪽 다리의 발목에 묶자, 은섭의 몸이 아래위로 들썩거렸다. 문 사장이 머리를 한 대 빡 소리가 나게 치자 "아악!" 하는 단발의 비명을 지르고 은섭이 기절했다.

"아, 너무 세게 때렸나?"

살아있는 것을 확인 후, 문 사장이 급히 핸드폰을

꺼내 전화를 걸었다.

"홍 사장님? 이제 올라와 주세요!"

은섭의 몸이 검게 변하기 시작했다. 주로 뱀을 매개로 한 살을 맞았을 때 독으로 인해 이런 경우가 종종 있다. 잠시 은섭의 몸을 감옥 삼아 가둔 이무기가 혼을 갉아먹고, 산도깨비와 신 할머니의 비방을 뚫고 나오기 위해 독기를 내뿜고 있었다. 목숨과 영혼을 담보로 하는 위험한 비방이었다. 혹시 이런 경우를 대비해서 은섭이 직접 제시한 방법이었다. 신이나 귀는 한 번 흔적을 낸 몸으로 들어오는 것이 쉽다. 궁지에 몰린 이무기가 자신의 몸에 들어올 수 있다고 은섭이 미리 예상했었고, 들어맞았다.

"홍 사장님! 어서어서, 빨리빨리! 이제 시간 싸움이야!"

문 사장과 소영이 산길 아래쪽을 초조하게 바라보며 은섭을 살폈다. 이무기가 몸 밖으로 튀어나오기 전에 이 흉산에서 벗어나야 한다. 일단 옆 산, 홍씨 선산으로 옮겨 기운을 눌러야 한다. 핸드폰으로 시간을 확인하려던 문 사장 눈에, 소영의 폰으로 보낸 준영의 메시지가 보였다.

"소영아, 준영이 쪽도 플랜 B!"
"준영이 쪽도요?"
"그러게, 메시지 온 지 10분 정도 지났네. 경찰은 준영이가 맡을 테니 우린 계획대로 하자."
"네."

 소영이 고개를 끄덕였다. 그때 산길 쪽에서 "문 사장님!"하고 외치는 소리가 들려왔다. 문 사장도 소리를 들었는지, 얼른 산길로 뛰어나가 손을 흔들었다.

"홍 사장님! 여기요! 여기"

 홍 사장이 산길을 올라오고, 그 뒤를 검은 양복을 입은 덩치 좋은 남자들이 뒤따랐다.

"됐다!"

 문 사장이 은섭의 곁에 앉아 "은섭씨. 조금만 더 견뎌요!"라고 말했지만, 은섭은 정신을 차리지 못했다.

홍 사장이 데리고 온 사람들이 문 사장의 지시에 따라 은섭을 업고 빠르게 산을 내려갔다. 산길 입구에서 가장 가까운 송 이장 집 마당에 준비된 차로 옆, 홍 씨 선산에 도착했다. 서낭목까지 당도한 후, 문 사장이 미리 준비해 두었던 물건들을 챙겼다. 아까 흉산에 들어가기 전, 서낭신께 부탁드린 것이 있었는데 다행히 서낭신이 흔쾌히 허락해왔다.

서낭목 아래에 미리 준비해 둔, 멍석을 깔고 그 위에 망태기를 올려놓았다. 소영이 가방에서 작은 인형을 꺼내자, 문 사장이 망태기에 들어있던 뱀 허물을 꺼내 인형에 둘둘 감고 다시 망태기 안으로 넣었다. 소영이 매듭을 꺼내 손에 들고 문 사장을 향해 고개를 끄덕였다.

"이 멍석 위로 은섭 씨를 눕혀주세요!"

문 사장의 말에 장정 두 사람이 조심스레 은섭을 멍석 위로 눕혔다. 문 사장이 다리 밑으로 망태기를 옮긴 후, 홍 사장에게 "자리를 좀 피해주세요."라고 말하자 홍 사장이 사람들과 함께 차를 타고 자리를 떠났다.

"고마운 분이시네요. 이런 일을 선산에서 할 수

있도록 허락해 주셔서."
"그렇지. 다행히 서낭신도 기도에 답해주셨고. 선산의 조상님들도 허락하셨으니. 터의 기운이 좋은 곳이니 잘 될 거야."

문 사장이 소영에게 "자, 이제 시작하자."라고 말하며, 준비한 목장갑을 양손에 꼈다. 천천히 눈을 감았다.

"산 님. 준비되었으니 나와주세요."

문 사장이 허옇게 뒤집힌 눈을 떴다.

"음. 제대로 인간 몸에 들어갔군. 당장 나와!"

산도깨비의 호통에 식은땀을 흘리며 벌벌 떨던 은섭이 번쩍 눈을 떴다. 뻣뻣하게 일자로 몸을 굳힌 채, 고개만 움직여 산도깨비를 쳐다봤다. 은섭의 얼굴 위로 이무기의 얼굴이 덧 씌인 것처럼 보였다. 소영은 서낭목의 아래에 신줏단지를 내려놓고, 무릎을 꿇고 기도를 시작했다.

산도깨비를 빤히 보던 이무기가 고개를 돌려 주변을 살폈다. 자신의 터가 아님을 알았지만, 인간의 몸에 들어와 있어 힘을 쓰지 못했다. 들어온 길이 저승과 천계의 힘으로 닫혀버려 꼼짝없이 갇혔다. 게다가 터까지 바뀌어 기운을 끌어 쓸 수도 없다.

"이 인간! 참으로 변변찮구나!"

분한 듯, 이를 갈며 이무기가 몸을 틀었다. 은섭의 육체가 뱀처럼 꼬이기 시작하고 뼈가 부러지는 듯 으드득 소리가 났다.

"그만두지 못해! 용이 되려고 그리 애를 쓰더니 결국 이 꼴이냐! 용골? 웃기는군! 뱀골이 맞을 것이다! 저런 곳에서 용으로 떠받들어지니 기분이 좋더냐? 인간들 눈을 가리고 용처럼 보인다고, 이무기 따위가 용 노릇을 해? 허허, 부끄러운 줄 알아라!"

산도깨비의 불같은 호통에 이무기가 보란 듯, 다시 몸을 뒤틀었다. 또다시 으드득대는 은섭의 몸이 기이하게 꺾였다. 저 상태면 뼈가 한두 군데 부러진 것이 아닐 것이다.

"변변찮은 몸뚱이. 다 부순 후 나가도 늦지 않다.

나에게 시간은 언제나 내편이었다. 너 또한 시간에 억제되겠지. 그 년의 몸에 들어가 있을 수 있는 한계가 있을 테니. 신도 계속 제자 몸을 타지 못하는데, 너라고 별수 있겠느냐. 그러니 내 산에서도 들락날락한 것이 아니더냐. 네가 잠시라도 그 년의 몸을 떠날 때, 곧바로 죽여주마."

"인간을 죽여 혼이 나갈 때 함께 빠져나가려는군. 그래서 혼을 아직 잡아먹지 않은 게지. 혼을 먹으면 기운이 나겠지만, 지금 이곳에 날 빼고도 신이 둘. 셋을 상대할 바에야 도망가는 게 이득일 테니."

산도깨비가 누워 있는 은섭의 육체를 발로 찼다.

"으윽!"

이무기의 비명과 은섭의 입에서 피가 쏟아졌다. 그 모습을 보던 산도깨비가 씨익 웃으며 말했다.

"네놈이 간과한 게 있는데, 그건 내가 저승신장이라는 거지. 난 큰 죄를 저지른 인간이나 신을 끌고 오는 것이 일이었다. 그러니 너 같은 귀물도 내 소관이었던 게지. 인간의 목숨은 하늘이 내리는 것. 난 저승법에 따라 움직인다. 내가 신경쓰지 않아도 된다는 게지!"

마지막 말을 끝으로 저승신장 붉은 얼굴의 산도깨비가 온 힘을 다 한 주먹으로 은섭의 배를 내리쳤다.

카아악!!

피를 토하며 데굴데굴 구르는 이무기가 고통에 몸부림을 쳤다.

"가여운 이무기야, 인간 육신에 들어가 맞아본 적이 없지? 인간과 같은 고통을 느낄 테니, 느껴 보거라. 죽기 싫으면 육체를 버려야 하겠지만, 양다리에 낸 길을 꽉 묶어 막아놨으니 어쩌겠느냐? 허허허, 이렇게 때려잡는 게 내 일이니! 어디 한번 견뎌 보거라!"

다시 산도깨비의 가차없는 폭행이 시작되었다.

"이런 변변찮은!"

생각이 짧았다. 신이나 귀의 힘은 들어간 매개체, 즉 제자나 영매의 육체를 통하기 때문에 젊고 건강한 인간을 선호한다. 그래서 늙은 육신을 벗어나려고 송 이장도 영생을 바란 것인데……, 상황이 급해 들어온 은섭의 육신이 이리 약할 줄 생각도 못한 이무기였다. 게다가 들어와 보니 영혼도 강했다. 안 잡아먹은 것이 아니라, 못 잡아먹은 것이다. 영혼도 먹지 못하고 빠져나갈 길은 막혔고, 은섭의 육체에 고통을 줘 죽일 수밖에 없었지만, 그것도 산도깨비에게 들켜버렸다. 피를 토하며 이무기가 다시 이를 갈았다.

"이 더러운 산도깨비! 내가 반드시 너를 끌고 지옥으로 갈 것이다! 커헉!"

말이 끝나기 무섭게 주먹이 이무기의 배를 강타했다. 고통에 이무기가 둥글게 몸을 웅크렸다.

"이제 어느 정도 힘이 빠진 것 같네요."

눈동자가 돌아왔다. 문 사장이었다. 문 사장의 허리를 숙여 묶어두었던 금줄과 매듭을 끊었다. 그리고 옆의 망태기를 열고 인형을 꺼냈다. 그것을 보던 소영이 기도를 멈추고, 손에 굵은 매듭을 들고 문 사장 옆으로 와서 앉았다.

"문가야, 시작해라. 이 빌어먹을 귀물! 감히 내 자손을 넘봐?"
"네, 할머니."

혹시 소영의 몸으로 옮겨질 수 있어서, 신 할머니가 소영의 몸으로 들어와 있었다. 어느새, 서낭신까지 모습을 드러내고 문 사장에게 말했다.

"내가 지기로 뱀 기운을 누를 테니 어서 잡아넣거라."

문 사장이 "네. 감사합니다."라고 대답 후, 산도깨비의 힘을 손에 운용해 은섭의 양다리를 꽉 쥐었다. 이무기의 몸통이 다리 위로 드러났다. 검은 형상의 그 거대한 몸통이 은섭의 위로 서서히 올라오자, 문 사장이 틈을 주지 않고 그것을 꽉 잡았다. 모든 기운을 통과하는 체질이지만 산도깨비의 힘을 받으면 이렇게 영가도 귀도 손에 쥘 수 있었다.

몇 달전 순호당 일로 문 사장은 윤회의 업을 풀었다. 그 후, 윤회를 위해 가두었던 영력이 풀려 조금씩 돌아온 것이다. 문 사장은 이것을 이용해 산도깨비와 이것저것을 맞춰보던 중, 여러 가지 능력을 깨우쳐 연습을 해왔다.

"퇴마에 아주 최적화지! 네가 첫 번째다! 영광인 줄 알아!"

그대로 이무기의 몸을 인형에 내리꽂았다. 악 소리 한 번 못하고 너덜너덜해진 이무기의 몸이 작은 인형으로 흡수되었다.

"네놈들이 가게 앞에 양밥 했을 때, 얼마나 독기가 셌으면 밥 먹으러 오는 길고양이들이 다 죽었을까. 주변까지 독기가 퍼질 정도면 뻔하지. 네 실체가 담긴 양밥이었겠지. 뱀 허물. 그게 네 저승길을 열 것이라는 생각은 못 했지?"

문 사장이 인형에 감긴 뱀 허물 위로 금줄을 감으며 말했다. 일반적으로 이 정도의 귀물은 직접 들어가지 않는 이상 가두기가 어렵다. 그러나 스스로 낸 길에는 쉽게 들어간다. 뱀 허물을 이용해 인형에 길을 만들어 저승신장의 힘으로 강제로 쑤셔 넣는다. 간단하지만 이무기를 소멸할 가장 좋은 방법. 신물

안에 넣어 파괴한다. 신도 귀도 인간의 몸에 들어있다 죽임을 당하면 함께 죽는다. 하늘과 지하. 위와 아래. 그 사이의 인간. 인간의 몸은 중립이다. 그래서 이런 것이 가능하다.

"그렇다고 현대 사회에 사람을 죽이면 쇠고랑 찬다고."

문 사장의 혼잣말에, 할머니가 소영의 입으로 "이미, 쇠고랑 찰 만큼 저 인간을 때린 것이 아니냐?"라고 대꾸했다. 그리고 소영이 돌아왔다.

"사장님, 이제 제가 묶을게요."
"어, 그래."

인형 위로 묶은 금줄 위로 소영이 두껍게 만든 매듭을 감고 단단히 묶었다. 문 사장은 팔찌를 만들 때 사용하던 매듭공예를 소영에게 잘 가르쳤다고 생각했다. 매듭을 지을 때, 신 할머니의 기운도 같이 짓는다. 꽤 단단한 매듭은 소영의 특기가 되었다. 구슬을 넣기도 하고 그냥 매듭만 지을 때도 있고, 소영의 취향대로 기분 내키는 대로 만들어도 효과가 좋은 편이어서 편리했다. 그만큼 조상신인 할머니의 가호를 받는 것이고, 신줏단지에서 쉬고 있어도 신은 신이라는 것을 증명한 것이다.

"끝났어요."
"잘했어. 이제 마무리하자."

서낭목 아래, 인형을 세워 땅에 세웠다. 짚으로 만든 인형이 마치 누군가가 잡고 있듯이 그 엉성한 다리로 꼿꼿이 서 있었다. 그 모습을 보며 서낭신이 인상을 쓰고 말했다.

"저 귀물을 어서 멸하거라! 냄새와 독기가 온 산으로 퍼지기 전에."

대답 대신 문 사장이 눈을 감았다.

"산 님. 이제 와주십시오. 준비 다 되었습니다."

곧, 하늘에서 벼락이 내리쳤다. 땅속까지 파고드는 번개가 인형을 정확히 관통했다.

카아아악!!

이무기의 비명소리가 땅을 울렸다. 두 번째 번개가 내리쳐도 인형은 꼿꼿하게 서서 넘어가지 않았다. 그을림 하나 없는 짚 인형을 서낭신이 노려보더니, 땅에 쿵 소리가 날 정도로 발도장을 찍었다. 그러자 짚 인형 밑의 땅에서 투명한 손들이 뻗어 나왔다. 처음에 평범한 손 모양이던 그것들은 곧 손가락이 뾰족한 고드름 모양처럼 변하더니 짚 인형을 푹푹 찔러대기 시작했다.

"이곳 서낭신의 살은 저런 모양이군."

산도깨비와 문 사장이 한동안 서낭신의 살풀이를 지켜봤다. 옆 산신을 잡아먹고, 자신까지 잡아먹으려고 했던 이무기에게 마음껏 살을 날리는 서낭신의 모습을 소영이 또한 진지하게 쳐다봤다.

'신의 노여움을 사면 저렇게 되는구나.'

직접 눈에 보이는 살의 모습에 소영이 살짝 한기를 느끼며 두 팔로 몸을 감싸안았다. 그리고 산도깨비가 씌인 문 사장 쪽으로 고개를 돌렸다.

'사장님은 저런 살을 맞고도 괜찮으신 건가? 대

단하다.'

대단한 문 사장의 몸에 실린 산도깨비가 서낭신을 향해 손을 흔들거리며 말을 걸었다.

"어이, 이제 그만 하시게. 얼른 끝내야지! 저 인간 죽일 셈인가?"

그 말에 울컥했던 서낭신이, 땅바닥에 피투성이가 되어 누워 있는 은섭을 보자 누그러진 표정으로 땅에 발도장을 찍었다. 수많은 손들이 다시 모양을 되찾고 빠르게 땅속으로 사라졌다.

넝마가 된 짚 인형이 중력을 거스른 채 비스듬하게 서 있었다. 이무기는 더 이상 비명소리조차 내지 못했다.

"멸하라!"

마지막 번개가 내리꽂혔다. 이번 번개는 앞선 것들과 다르게 붉은 기운이 섞여 있었다. 터 주인 서낭신과 선산의 홍 씨 조상들의 허락하에, 이 산 저 깊은 곳에 위치한 저승의 힘을 끌어왔다. 이 정도가 아니면 신과 인간을 잡아먹은, 용이 되기 위해 수백 년 도를 닮았던 이무기를 멸할 수 없다는 것을 알았던 것이다. 악신 중에서도 악신이다.

컥!

단발마의 비명 한 조각만을 남긴 체, 짚 인형이 화르륵 불타올라 시커먼 연기를 하늘로 내뿜었다. 눈동자가 돌아왔다. 문 사장이 소영을 잡아 끌고 연기를 피해 서낭목에 가까이 붙었다.

"독기야. 근처에 있어서 좋을 거 없어. 소영이 고생했다."
"아니에요, 사장님. 그나저나 준영이 쪽은?"
"잠깐만, 일단 전화 한 통 하고."

문 사장이 급히 홍 사장에게 전화를 걸었다.

- 네, 안 그래도 미리 연락해놨습니다. 바로 옮기시죠.
"네, 감사합니다. 홍 사장님."
- 미리 우리 애들이 손써놨으니 도망간 녀석들 찾는 건 일도 아닙니다.
"네, 일단 준영이 부탁드려요."

- 그 학생은 걱정하지 말고 환자부터 옮깁시다.
"네."

통화를 끝낸 후, 문 사장이 소영에게 "다 끝났네. 고생했어, 소영아."라고 다시 한번 말하며 어깨를 토닥였다. 그리고 이제 거의 재로 변한 짚 인형의 마지막을 주시했다.

10.

산도깨비터. 앤티크숍 THE MOON. 가게 안에서 평소와 다름없이 공부할 전공 책 대신, 노트북에 고개를 박은 준영이 드디어 고개를 들었다.

요즘 뉴스와 인터넷은 어떤 사건으로 시끄럽다. 오컬트 살인, 살인자의 마을 등등 많은 부제가 붙어 하루하루 믿기 힘든 기사와 정보가 쏟아져 나오고 있었다.

"실제로는 더 무시무시한 곳인데. 사람들은 모르겠죠?"

준영의 물음에 테이블 맞은편에 커피를 마시던

문 사장이 손을 휘이 저으며 대답했다.

"어휴, 말도 마. 알아서 좋을 거 하나 없어. 준영이 너 이제 경찰 조사는 끝난 거지?"
"네, 홍 사장님 변호사가 잘 도와주셨어요. 혼자 조사받았으면 무서웠을 텐데. 감사하다고 연락도 드렸어요."
"잘했어. 나도 홍 사장님 도움을 많이 받아서 나중에 식사라도 한번 대접해야 하나 생각 중이거든."
"네, 오늘 나온 이 기사가 실제와 제일 비슷해요. 한번 보실래요?"
"그래. 줘 봐."

강원도에 용골이라고 불리는 이 산의 주인은 A 씨이다. A 씨는 무당으로 일명 '뒷세계'에서 발생한 여러 가지 일들을 처리하고 돈을 받는 사업을 하고 있었다. 특히 죽인 사람들을 자신 소유의 산에 묻고, 원귀가 들러붙지 않게 해준다고 굿값까지 받아왔다고 한다. 용골 마을의 구성원들은 대부분 전과자로, 아직 지명수배 중인 자들도 세 명이 있었다고 경찰은 발표했다.

A 씨의 주도로 시신을 처리하기 전, 피해자들의

지문과 개인정보를 채취 후, 다시 되팔아 왔고 쓸모가 다한 사람들의 시신은 땅에 묻거나 직접 만든 소각로를 이용해 처리한 정황을 포착했다. 현재 A 씨는 구속 수사로 조사 중이며, 공범자 B 씨의 자백과 증언으로 더 많은 여죄가 드러날지 촉각을 세우고 있다. 경찰은 B 씨가 제출한 증거자료로 피해자들과 의뢰자들의 신원을 파악 중이며, 도망간 마을 구성원을 찾기 위해 지명수배 명단을 SNS에 올렸다.

"다행히 너랑 폐가 체험단 이야기는 없네."
"아직 조사 중이고, 다들 원하지 않아서 변호사
 님이 힘써주셨어요."

자력 탈출로 마을 밑에서 대기 중인 홍 사장 쪽으로 이동을 못할 경우, 준영의 플랜 B. 곧바로 경찰에 신고.
산비탈 저 너머에서 준영이 발견되기까지, 꽤나 시간이 걸렸다고 했다. 철문까지 제대로 된 길이 없어, 준영은 경찰이 올 때까지 소리를 질렀다고 했는데, 그래서인지 경찰서에서 만난 준영의 목이 쉬어있었다.
준영이 경찰에게 보인 '심주성'이라는 사람의 복주머니를 보고, 곧바로 동굴 안까지 조사가 들어갔다. 준영의 말로는, 처음 보는 기괴한 장소에 경찰들이 겁을 먹고 다시 나왔다고 한다. 그럴 만도 했다. 이것이 오컬트 살인이라는 소문의 시작점이 되었다.

경찰과 함께 출동한 구급차로 무당 김 선생과 동굴 속 세 사람이 옮겨졌다. 경찰 도착 전, 홍 사장 부하들이 미리 송 이장네 마당으로 옮겨놓은 은섭까지 함께 병원으로 신속히 갈 수 있었다. 경찰은 은섭 역시 이 용골의 송 이장에게 멍석말이를 당한 것으로 수사를 진행했다. 은섭은 마을의 구성원이자 공범으로 모든 죄를 털어 놓고, 그동안 자신이 모았던 증거를 내놓았다.

"소영이는? 언제 온다고 해?"
"저녁에 온다고 했어요."
"좀 더 쉬어야 할 텐데. 신내림도 안 받은 상태에서 그 큰 신을 몇 번을 몸에 싣고…… 몸에 무리가 많이 갔을 거야. 걱정되네."
"그러게요. 그런데 산 님은 아직도 말씀 안 해주셨죠?"
"이무기와의 악연? 절대! 입 꾹 다물고 말이 없으셔! 이건 할머니가 오셔서 호통을 치셔야 할 것 같아. 내가 아무리 찔러봐도 절대 말을 안 하시니……. 도대체 왜? 도 닦던 이무기가 왜! 귀물이 되어 산 님을 원수 삼은 거냐고!! 궁금해 미치겠어!"

한옥 툇마루에 앉아 있던 산도깨비에게 가게에서 문 사장의 목소리가 들렸다. 그러나 산도깨비는 못 들은 척, 복이의 머리를 쓰다듬었다.

"복아, 문가의 저 성깔 닮으면 큰일 난다. 알겠느냐?"
"네!"

오늘도 옳은 소리만 하는 복이였다.

* * *

귀신들린 산. 시체가 나오는 산. 범죄자 은신처. 많은 별칭이 붙게 된 용골. 이 산을 양도받기 위해 문 사장이 홍 사장과 변호사를 대동하고 구치소로 와 있었다.

잠시 후, 송 이장이 수의를 입고 면접실로 나왔다. 송 이장이 선임한 변호사가 미리 작성해 둔 서류를 건네자 홍 사장 쪽 변호사가 서류를 꺼내 확인 후, 문 사장에게 건넸다.

"이대로 사인 하시면 됩니다."

사인을 마친 문 사장이 다시 변호사에게 서류를 되돌려주자, 홍 사장과 변호사가 자리를 피해줬다. 송 이장이 입을 열었다.

"산이든 돈이든 뭐든 다 드릴 테니, 제발 절 좀 도와주십시오!"
"안 그래도 산을 양도한다고 변호사에게 듣고 놀라긴 했어요. 뭐, 준다면 나야 좋죠. 남들이 흉산이다, 뭐다 해도 나한테는 아무 해가 없으니까. 그러니 이제 말해봐요. 이유 그리고 조건."
"잠을 잘 수가 없어요. 창귀들이 계속 곡소리를 내고……, 내가 가는 곳, 눈 두는 곳 어디든 창귀들이 들러붙어서……. 시끄러워 잠을 잘 수가 없다고!!! 시끄러워!! 지금 여기도!! 저기!! 안 보여?!!"

송 이장이 발작 일으키듯 소리를 지르자, 뒤에 앉아 있던 교정직 공무원이 인상을 쓰고 일어났다. 한두 번 겪는 일이 아닌지, 송 이장과 문 사장에게 면회가 끝났다는 공지를 한 후, 송 이장을 데리고 문 뒤로 사라졌다. 문 사장이 주위를 둘러봤지만, 창귀의 곡소리는커녕 구치소 주변의 숲 때문인지, 새소리만 들려왔다.

"뭐야? 드디어 돌았나? 음, 아무튼. 나야 상관없지."

교도소 밖으로 나오니, 홍 사장이 기다리고 있었다. 차가 한 대만 있는 것을 보니 변호사는 이미 출발한 것 같았다.

"문 사장님. 고생하셨습니다."
"저야말로 홍 사장님께서 도와주셔서 일사천리로 마무리가 되었네요."
"이제 말씀 좀 해보시지요. 어떻게 된 겁니까?"
"산을 양도할 테니 자신에게 붙은 창귀들을 떼어달라고 편지가 왔어요. 저야, 좋았죠. 꿈이 제 산을 갖는 거였으니. 오히려 오랜 시간 사람 손이 닿지 않아서 동물들이 살기 좋은 조건이라 좋아요."
"그럼 그 귀신들을 떼주신 겁니까?"
"아뇨, 제가 무당도 아닌데 무슨 수로요. 게다가

아까 보니 창귀같은 것은 안보였어요. 그 인간의 뇌 속에서 벌어지는 일들이죠. 하는 행동이 정신분열 같았어요. 안 그래도 은섭 씨 면회 때 들었는데, 송 이장이 같이 잡힌 마을 사람들에게 집단 구타를 당하고 괴롭힘을 당했다고 들었거든요. 뭐든 제가 상관할 바는 아니죠. 전 준다고 해서 받은 것 뿐이니까요."

"문 사장, 역시 사업가시네. 허허허."

11.

흉산. 이무기가 사라지고 송 이장과 마을 사람들이 잡혀가며 텅 빈 용골. 며칠 후, 기력을 찾은 김 선생과 문 사장이 함께 산을 찾았다. 을씨년스러운 용골에는 나무에 매달린 창귀들만이 울고 있었다. 말 그대로 귀곡성. 이무기가 사라져도 창귀는 승천하지 못하고 여전히 고통받고 있었다.

절을 지나쳐 도착한 아름드리나무. 커다란 나무 구멍이 여전히 입을 벌리고 있는 귀목. 문 사장이 허리를 숙여 귀목의 구멍을 들여다보고, 다시 나무 위로 고개를 들었다. 처음 봤을 때도 이상함을 느꼈지만, 다시 보니 더욱 이상했다.

"뭔가 이상한데……, 그게 뭔지 모르겠어요."
"나무의 아래는 죽어 말라 비틀어졌지만 위는 이 날씨에도 푸른 잎이 달려 있으니 이상할 수밖에."

그랬다. 이 위화감. 찬바람 쌩쌩 부는 이 겨울에, 아무리 이 산은 유독 상록수가 많다기로서니……. 궁금증을 푼 문 사장이 김 선생을 향해 "그거였네요! 이 위화감의 정체!"라고 대답했다. 문 사장 옆으로 와 나무 구멍을 살피던 김 선생이 이어 말했다.

"이곳은 원래는 기도터였는데, 그 귀물이 완전히 바꿔놨어. 이제 이곳은 안 돼. 나무도 베어야 하고. 음양의 조화가 사라졌어. 귀기가 너무 어려 있어."

문 사장이 알겠다고 고개를 끄덕이며 대답했다. 산길을 따라 나무에 주렁주렁 달린 창귀들이 다시 울기 시작했다.

"내 마지막 굿판이 이곳이 되겠구려. 퇴송굿을 하며 이곳 불쌍한 귀들도 다 올려드려야겠네."
김 선생의 굿판으로 아마 산의 기운이 어느 정도

정리가 될 것이었다. 그러나 오랜 시간 이무기의 독기를 품었던 산이기에 완전한 정화가 되기 위해서는 터의 주인이 필요했다. 주인 없는 산은 다시 독기가 차기 마련이기 때문이다.

"산신도 잡아먹힌 이곳에 어떤 신이 와주실 지……."

문 사장이 중얼거렸다.

가게로 돌아온 문 사장을, 소영, 준영, 복이가 맞아 주었다. 테이블 위에 과자와 음료수, 복이 손에 간식까지 들려 있는 것을 보니 배가 꽤 고팠나 보다. 문 사장이 카드를 주며 "먹고 싶은 거, 다 시켜! 나 이제 산 있는 여자야!"라며 기분을 내자, 두 사람이 얼른 배달앱을 켜고 방실거렸다. 카운터 뒤 쪽문을 열고 한옥으로 건너 온 문 사장을, 상석에 앉은 산도깨비가 맞았다.

"잘 다녀왔느냐."
"네, 고맙게도 김 선생님이 터를 씻는 굿을 해주신다고 하세요. 틈틈이 들러 기도도 해주신다고 하시고요."

"다행이구나. 제대로 된 신과 제자가 맡았으니 잘 처리하겠지. 그나저나 산신이 없어 걱정이구나. 다행히 문가 네 명의로 들어왔으나, 터주가 없으니. 그 좋은 명산을 이무기가 망쳐놓다니. 쯔쯔."

산도깨비의 입에서 이무기라는 말이 나왔다! 기회다!

"소영아!! 할머니 모셔 와!!"

문 사장이 미닫이문을 열고 가게를 향해 소리치자, 이미 짠 것처럼 소영과 준영이 한옥으로 달려왔다. 어리둥절한 복이가 따라 들어와 산도깨비의 옆에 앉자, 문 사장이 소영의 뒤에 선 할머니를 향해 말했다.

"할머니! 할머니가 물어봐 주세요!"

당황한 산도깨비에게 할머니가 소리 질렀다.

"너 이 더러운 도깨비놈! 도대체 무슨 짓을 하고

다녔기에 이곳저곳에 원한이 들끓는 게야! 도망갈 생각 말고, 당장 털어놓지 못 해!"

방안에 앉아 있는 모두의 눈이 산도깨비를 향하자, 붉은 얼굴이 더욱 붉어지며 마지못해 입을 열었다.

* * *

용골. 영기 가득한 이 산은 예부터 용이 승천한다는 산으로 알려져 있다. 신수나 영물이 신성한 영기 아래 도를 닦아 하늘의 부름을 받는 곳이라는 전설이 내려오는 산. 이런 곳의 산신이니 자부심이 대단했다. 산신 밑에서 용이 되기 위한 이무기 역시 산신의 자랑 중의 하나였다. 영산으로 기도를 드리러 오는 인간들을 보호하고, 산 짐승들을 보호하며 만물의 이치에 따라 흘러가게 돕는다. 이무기는 산신을 도와 역할에 충실하며 자신역시 더 높은 곳으로 오르고자 노력했다. 이 당시, 이미 저승신장의 책무는 잊은 지 오래인 붉은 얼굴의 산도깨비는 인간 세상의 재미에 푹 빠져 있었다.

조금만 겁을 줘도, 조금만 은혜를 베풀어도 하찮은 인간들은 자신을 신처럼 떠받든다. 산도깨비는 모든 것이 재밌고 우스웠다. 신인냥 행세하며 세상을 어지럽히는 지경까지 된 것을 자각하지 못하고, 세월이 흘렀다.

    용골의 산신은 심기가 불편했다. 본래 위와 아래의 신들은 서로에게 관심이 없다. 각각에게 맡겨진 사명 이외에는 전혀 관심이 없다고 해도 무방했다. 그러나 중간 지점. 인간의 땅으로 내려온 신들은 오랜 기간 인간들과 지내며 감정적으로 변하는 경우가 있는데, 하필 이 용골의 산신이 그러했다.
    그런 산신 앞에 나타난 것이 붉은 얼굴의 산도깨비였으니, 충돌할 것이 자명했다. 서로를 자신의 아래쯤으로 얕보고 있던 중, 산도깨비의 눈에 뜨인 것이 용골 저 깊은 계곡 속에 몸을 숨기고 도를 닦던 이무기였다. 용이 되어 승천하면 위쪽의 비호 아래 더 큰 일을 하게 될 중요한 영수. 무사히 용으로 만들면 그 역시 산신의 자랑. 산도깨비는 도를 닦는 이무기와 자신을 벌레 취급하는 고고한 산신에게 배알이 꼬이던 참이었다.

"너 이 도깨비! 당장 이 산에서 꺼지거라. 지금 얼마나 중요한 때인데!"

난데없이 산신에게 호통을 들은 산도깨비는 그 '중요한 때'라는 것이 이무기가 곧 용으로 승천할 마지막 단계를 앞두고 있다는 것을 눈치챘다.

장난과 꾀가 반 이상을 차지하는 도깨비의 천성. 게다가 인간 세상에 흠뻑 취해있던 산도깨비는 이미 저승신장으로서의 근엄함과 절제력을 상실한 상태였다.

"산신, 자네. 도대체 얼마나 자신이 없으면 나 같은 도깨비 하나 어쩌지 못해서 발을 동동 구르시는가. 하도 굴러대서 땅이 울리겠네. 껄껄."
"뭬야! 이 더러운 것이 무슨 말이냐!"
"아니, 자신이 키운 이무기가 용이 못될까 전전긍긍하는 모습이 웃겨서 하는 말일세. 자신 없어 그런 것 아닌가. 내가 보니 용은커녕 그냥 큰 구렁이일 뿐인데."

산신의 능력과 안목에 대한 부정. 산신 역시 인간 세상에 너무 오래 머문 탓에, 감정이 앞서버렸다. 게다가 눈앞의 저승신장은 이미 명패도 버리고 이곳저곳 쑤시고 다니는, 천둥벌거숭이가 아닌가. 그런 녀석이 감히 산신이 직접 골라 키운 영수를 모독한 것이다.

"네, 이놈!"
"그러지 말고 시험 한번 해보세. 진짜 저 영수가 용이 될 재목인지."

당사자 이무기가 모르게 신들의 내기가 시작되었다.

이무기가 용이 되기 위해서는 인간이 이무기를 용으로 인정해야 한다고 한다. 이무기의 본체를 보고서도, 그것을 뛰어넘는 덕과 도를 볼 수 있는 인간이 용이라고 인정을 하는 순간, 용이 되어 승천한다. 이 용골을 드나드는 인간들은 험준한 산임에도, 사건사고가 일어나지 않는 것을 늘 '신령님과 용이 되실 이무기님' 덕분이라는 것을 수백년 전부터 내려오는 이야기로 들어오며 살았다.

영기가 충만한 영산이기에, 일반 인간들도 영향을 받아 제대로 된 절차만 따른다면 이무기의 승천은 당연한 것이었다. 그러나 그것은 산신의 오만함이었다. 상대는 저승신장 붉은 얼굴의 산도깨비였던 것이다. 저승에서 죄지은 온갖 것들을 보아온 산

도깨비에게 이런 장난과 이간질은 '누워서 떡 먹기.'
였다.

 어느덧 때가 되었다. 이무기는 계곡에서 나와 하늘을 날았다. 첫 닭이 우는 새벽. 용골로 첫 발을 들인자는 어린 아들을 데리고 온 젊은 심마니였다. 아들에게 약초와 독초를 가르치기 위해 자주 산에 오르는 인간들이었다.
 늘 그렇듯, 산의 초입에서 산길을 조금 더 들어가 신목에 멈췄다. 커다란 아름드리나무. 그 구멍 안에 있는 언제부터인지도 모를 납작한 바위 위에 미리 준비한 그릇을 올리고 물을 붓는다. 그리고 손을 빌며 절을 올렸다. 심마니의 어린 아들도 능숙하게 아버지를 따라 절을 하기 위해 무릎을 꿇었다.

 "저희를 무탈하게 굽어 살펴 주십시오. 신령님."

 신은 '옥수 한그릇이면 내려온다.'라는 말이 빈말이 아니다. 비록 물 한그릇이지만 정성이 담겨 있다면 신은 인간을 어여삐 여긴다. 기도를 마친 후, 몸을 일으킨 두 사람의 눈에 들어온 것은, 평소와는 다른 이질적인 것이었다.

커다란 구렁이가 신성한 신목의 나무구멍에서 나오며, 자신들이 올린 옥수가 담긴 그릇을 떨어뜨려 깨버렸다. 오랜 시간 이곳에서 정성을 올렸는데 이런 경우는 처음이었다.

"불길한데……."

그릇이 깨지다니! 심마니는 등골이 오싹해짐을 느꼈다. 신이 노하셨나? 오늘은 산을 오르지 말라는 경고인가? 구렁이는 놀리듯 거대한 신목을 한번 빙 두르고는, 나무를 타고 위로 올라갔다. 어두워서 잘 보이지 않았다.

"…… 위험할 수도 있겠구나."
"위험하다고요? 저 뱀이요?"

심마니는 아들의 말을 듣지 못하고, 계속 나무위를 살폈다. 잠시 후, 나무 위에서 다시 거대한 구렁이가 내려오기 시작했다. 그 순간, 심마니의 아들이 천천히 내려오던 구렁이의 머리를 가지고 있던 낫으로 찍었다.

크아아악!

"이 구렁이가! 저리 안가! 여기가 어디라고!"

심마니가 말릴새도 없이 이미 일이 벌어졌다. 어린 아들이 구렁이가 자신들에게 해가 된다고 아버지의 말을 오해한 것이다.

"이놈! 너 뭐하는게야!"

심마니의 외침에 아들은 주눅이 들어 구렁이를 내리찍은 낫을 거두고 몇 발자국 물러섰다.

"위험하다면서요, 아버지……."

그 사이 구렁이가 괴로운 듯 크게 몸을 틀더니 나무를 타고 올라갔다.

껄껄껄, 실패로군! 영수는 무슨. 구렁이가 딱이지 않은가!

비웃는 산도깨비의 웃음소리가 산을 메우고, 산신은 분노했다. 처음 물그릇을 떨어뜨린 구렁이는 산도깨비였던 것이다. 이무기에 앞서 나타나 인간들을 헷갈리게 할 줄 몰랐고, 경험 없고 생각 없는 인간 아이가 진짜 이무기에게 낫을 휘두를 줄 예상하지 못했다. 산도깨비가 아니었다면, 비록 구렁이라는 본 모습으로 나타났지만, 그 신성한 기운을 인간들이 충분히 느끼고 받아들였을 것이다. 그 찰나의 시간을 산도깨비가 끼어들었다. 이렇게 허무하게 수백 년 도를 닦은 이무기의 승천이 무산 되었다.

아들을 데리고 부리나케 도망가는 심마니의 뒤꽁무니를 보며, 산도깨비는 더 크게 껄껄 웃었다.

* * *

산도깨비의 말을 듣던 방안의 사람들이 입을 다물지 못했다. 그러나 할머니는 곧바로 호통했다.

"이런! 이무기의 길을 막아? 그깟 내기로? 도대체 덕을 쌓는 영수를 뭘로 보고 그런 짓을 한 게야!"

할머니의 호통에 산도깨비가 천장으로 눈을 돌리고 딴청을 피웠다.

"그래서! 어떻게 된 거예요? 이무기가 왜 저렇게

귀물로 변한 건데요?"

문 사장과 소영, 준영이 닦달했다. 이 이야기까지는 이무기가 너무 불쌍하지 않은가!

"난 그러고 곧장 그 산을 떠나서 그 뒤 이야기는 잘 모른다."

할머니가 씩씩대며 산도깨비를 향해 신경질적인 목소리로 말했다.

"내가 말해주마. 결국 이무기는 용이 되지 못했다. 산신은 용이 못 된 자신의 영수보다 산도깨비와의 내기에서 진 것이 분해 이무기를 탓했지. 그제야 이무기는 자신이 신들의 시덥잖은 내깃거리가 된 것을 알았고, 그 분노가 터졌지. 자신을 비호하던 산신을 잡아먹고 그 산의 모든 것을 잡아먹기 시작했다. 그 벌로 그 산에 묶인 것이고. 영수는 결국 귀물이 되어 이제껏 저리 분을 안고 살고 있었던 것이다. 그 날, 서낭신을 통해 알게 되었지. 그리고 오늘, 자세한 것을 방금 저 더러운 도깨비의 입으로 듣게 되었구나!"
방안의 눈들이 모두 붉은 얼굴의 산도깨비를 향

했다. 저승신장 붉은 얼굴의 산도깨비는, 더욱더 붉어지던 얼굴을 결국 푹 숙였다.

"나도 이리 될 줄 몰랐던 게야."

"이무기 좀……." 소영의 나지막한 말 뒤에 '불쌍하다.' 말이 붙기 직전에, 문 사장이 입을 열었다.

"그래도 죄없는 사람이나 동물을 해한 순간, 이미 자격 박탈이야. 그 정도도 못 참으면 어떻게 용이 되겠어! 모든 이무기가 다 용이 되진 않을 거 아니야."

문 사장의 말에 고개를 든 산도깨비가 말했다.

"그렇지! 문가 말 잘했다!"

그러나 모두의 눈총을 받고 산도깨비는 다시 고개를 숙였다. 그 모습을 보던 할머니가 잠깐 한숨을 쉬고 다시 입을 열었다. 다행히 더 이상 산도깨비에게 화를 내는 것은 아니었다. 방안 모두를 향한, 자못 근엄한 목소리였다.
"잘들 듣거라. 이무기가 용이 되기 위해 수백, 수

천 년의 공덕을 쌓고도 한낱 인간의 부름에 운명이 결정지어지는 것이, 어찌 보면 합리적이지 못한 처사일지도 모르지. 그래……. 한낱 인간의 부름으로……. 하지만 용이 되기 위해선, 누군가가 그 자질을 알아 봐주고 인정을 해줘야 합당한 가치와 걸맞는 이름이 생기는 거지. 그 말은 이무기 역시 혼자 살아갈 수 있는 존재가 아니란 거란다. 자신의 내면을 알아봐 주는 사람을 만나야 비로서 그 능력을 펼칠 수 있는 존재가 된다는 게야. 인간사도 이와 같지 않느냐? 단순한 진리지만 절대적이지. 만물의 존재가 알아 봐주는 이 없다면, 한낱 먼지와 다를 게 뭐가 있겠느냐. 내 아까 저승신장에게 화를 냈지만, 결국 그 분노를 못 참고 길을 빗겨가 자신의 어둠을 알아차리고 받든 인간들을 휘감고 귀물이 된 것은, 그 이무기의 본질이 그것밖에 안 되었다는 거겠지. 그것을 알아본 인간들도 그렇고. 그러니 명심하거라. 너희가 쌓아 올린 내면을 남이 들여다봐 준다면 그때, 너희에게 가치가 부여될 것이란다. 그러니 내면을 잘 닦도록 하거라. 어둠이 아닌 빛을 보여줄 수 있도록."

"네, 할머니. 명심하겠습니다."

문 사장과 소영, 준영이 고개를 끄덕이며 대답했

다. 잠시 눈치를 보던 산도깨비가 슬며시 고개를 들자, 할머니가 인상을 찌푸리며 "아무리 잘 봐주려고 해도 네놈 잘못이 큰 것은 변함이 없다! 스스로 깨달아야 할 것이야!"라고 다시 한번 호통을 쳤다.

그렇게 한동안 여러 이야기가 오가던 중, 산도깨비가 소영의 뒤에 앉아 있던 할머니에게 말을 걸었다.

"할멈, 혹시 그때 용골 기운이 어땠는가? 내가 잠깐 보기로는 신줏단지에 있을 때보다는 훨씬 나아 보였는데?"
"그 산이 원래 신령했던 곳이라, 기본 기운은 좋았지. 다만 지금은 독기가 너무 세서."
"그러면 할멈이 잠시 그 산에 터주가 되는 것은 어떠신가?"

산도깨비의 말에 문 사장이 손바닥을 짝하고 쳤다.

"그럴 수도 있나요? 할머니가 산신으로 터주가 되시면 저는 정말 좋죠!"

문 사장의 밝은 목소리에 소영과 준영이 어리둥

절한 표정을 지었다. 산신? 그 흉산의 산신으로?

소영의 "할머니, 그게 가능한 거예요?"라는 질문에 할머니가 고개를 끄덕이며 답했다.

> "어차피 지금 주인이 없는 곳이니, 내가 차지해도 무방하긴 하지만……. 내가 내 자손 두고 왜 그리 가는가! 저 더러운 산도깨비가 또 무슨 음흉한 생각을 하는 게야!"
> "그게 말일세……."
> "그 입 다물어!"

아……, 신들이 또 싸운다. 오랜만에 보는 풍경에 세 사람과 강아지령은 입을 다물고 설전이 끝나기를 기다렸다. 그동안 기운이 빠져 있던 할머니가 다행히 신력이 돌아온 듯했다. 정말, 흉산에 갔을 때 산의 신령한 기운을 받으신 건가? 원래 그 산은 예부터 무당, 도사들이 신력을 위해 기도를 하러 오는 영산이었으니 가능했다. 산도깨비도 그래서 입을 뗀 것이리라. 소영은 할머니의 모습을 가만히 바라보았다.

> '순호당 때 일로 당분간 벌을 받는 시간을 갖는다고 하셨는데, 사실 나를 지켜주시려고 안 올라가시는 것 아닐까? 그래서 신력이 계속 약해

지고 있고……. 산에서라도 기운을 받으셔야 하지 않을까? 신줏단지가 언제 깨질지도 모르는데…….'

얼마 전까지 신줏단지 안에서 나오지도 못하고 소영의 눈가림도 그리 치를 떠는 산도깨비에게 부탁할 정도로 쇠약해진 할머니였다. 이러다 할머니가 갑자기 사라지기라도 할까 봐 소영은 걱정이었다. 그리고 이것은 문 사장을 비롯한 가게 식구들의 고민이기도 했다. 한창 말싸움을 하던 두 신이 드디어 소강상태가 되자, 소영이 말을 꺼냈다.

"할머니, 제 걱정 마시고 산신자리에 들어가세요! 저 잘 있을 수 있어요. 여기 산 님도 계시고 가게 식구들이랑 잘 있을 수 있어요! 그러니 잠시라도 산 터주가 되어 좀 쉬세요."

소영의 말에 할머니가 놀란 듯 뒤를 돌아봤다. 소영은 무릎을 꿇고 할머니를 올려다보고 있었다. 문 사장도 소영의 의견에 말에 보탰다.

"할머니, 제자도 없이 이곳에 계시면 위험하다는 거 아시잖아요. 이번에 이무기같은 귀물이 달려

든 것만 봐도 그래요. 얼마간이라도 산으로 옮겨 가시는 게 좋을 것 같아요."
"그래 할멈, 문가 말이 맞네. 자네 자손은 내가 잘 돌볼 테니 피접 간다 생각하시게."
"산이 멀지도 않고, 이제 제 명의의 산이라 자주 갈 거예요. 김 선생님께 말씀드려서 형식에 맞게 준비해서 모실 테니, 터주로 내림해주세요. 부탁드려요."

소영이 간절한 눈빛을 바라보던 할머니가 한숨을 한 번 쉬었다. 다시 평소처럼 소영의 뒤로 돌아가 서서는 입을 열었다.

"그러자. 언제든 찾아오고. 그 흉산에서 소영이 몸에 들락거려 길이 열렸으니……, 필요하다 청하면 오마."

소영이 "네! 감사합니다. 할머니!"라고 대답했고 문 사장과 준영도 안심한 듯 웃었다.

"잘 생각했네."

말은 그렇게 했지만 산도깨비의 얼굴에는 조금

서운한 기색이 드러났다. 어찌 되었건 서로에게 몇 안 되는 말동무였던 것이다. 그래도 현재로서는 이 방법이 최선이었다.

문 사장은 김 선생에게 연락하기 위해 핸드폰을 꺼냈다. 김 선생에게 메시지가 와있었다.

"어?"

문 사장의 얼떨떨한 반응이 모두의 이목을 집중시켰다.

"…… 그게, 송 이장이 죽었데요."
"네?"

준영이 폰으로 기사를 확인하기 시작했다. 곧 "진짜네요."라고 기사를 옆의 소영에도 보여주었다. 기사 내용은 이랬다.

구치소에 수감 되어있던 살인용의자 무속인 A씨가 공범이던 마을 사람 5명에 의해 맞아 죽는 사건이 벌어졌다. 주변인들 말로는 그들이 "너 때문에 귀신이 보이기 시작했다."라고 소리치며 운동 시간에 갑자기 달려들어 구타가 시작되었다고 한다.

조사에 따르면 마을 주민 대부분이 공범인데, 그들이 송 이장에게 받았다고 하는 금전이 조사해보니 전혀 없었다고 결론이 났다. 공범이자 유일한 협조자인 B씨의 주장에 따르면. A씨가 무속적인 접근으로 사람들의 눈을 흐려 사기를 친 것이라고 했다.

마을 공범들은 죽은 무속인의 말을 굳게 믿고, 자신들의 통장으로 돈이 쌓인다고 믿었다고 한다. 그 통장들은 모두 무속인 A씨가 관리했다고 경찰 조사에서 밝혀졌다.

기사 내용을 들은 산도깨비가 말했다.

"뭐냐, 인간 법도에 따라 벌을 받을 줄 알았는데. 저승법에 따라 벌 받게 생겼구나."

산도깨비에 뒤이어 할머니가 그때가 생각난다는 듯, 인상을 찌푸리며 툭 던지듯 말했다.

"그놈은 벌전까지 더해질 거다. 감히 신을 이무기 따위에게 바치다니. 고얀 놈."

문 사장이 '아!' 하는 표정으로 "그게, 은섭씨가 말한 '사람 눈을 가린다는 것'인가?"라고 말하자, 준영이 물었다.

"눈을 가리다니 무슨 뜻이에요?"
"생각해봐. 저 깊은 산골 마을에서 바깥에 제대로 나갈 수도 없던 범죄자들이 뭐가 만족스럽다고, 뭐가 그렇게 필요하다고 주인님, 주인님 하면서 빌고 있었을까? 소원을 들어달라고 그리 빌더라고. 돈? 쓸데가 어딨다고. 한마디로, 이무기의 독기에 취해 환각 속에 산 게 아닐까 싶어. 환각 속에서 이무기가 소원을 들어준 거지. 실제로는 마을 안에서 빙빙 돌며 산 걸 테고."
"우와……, 무섭네요. 진짜 좀비들 같아요. 생각 없이 시키는대로 움직이는……."
"아, 잠깐! 그럼 그때 열린 영안이?"

소영이 경악한 표정을 짓자, 문 사장이 고개를 끄덕였다.

"그때, 의식으로 영안이 열리기만 했지, 닫는 의식은 없었지. 아마 평생 귀들에 시달리며 살 거야. 그렇다고 자살은 안 했으면 좋겠네. 죗값 다 받아야지! 난 죄지은 인간들이, 인간의 법으로 벌 받을 때가 제일 좋더라!"

* * *

흥산. 용골. 아니 이제는 문 사장의 일명 '문산'. (이름을 지었을 때, 가게 식구들이 엄청 웃었다.) 문산이라고 새 이름을 가지 된 이 산에서, 여러 사람들의 도움으로 지금의 굿판이 벌어졌다.

박수무당 김 선생의 주도로 산신의 내림을 청하는 굿판이 시작되었다. 미리 합을 맞춘 것이지만, 제대로 된 무당의 놀음으로 신명나게 놀린 후, 신을 청한다. 제대로 된 굿을 처음 보는 준영과 소영의 눈이 커졌다. 이무기사건 때 송 이장이 얼마나 격식 없이 막돼먹게 놀음을 했던가.

"하긴, 그런 귀물 따위에게 이런 격식은 아깝지. 허! 어쩜 송 이장, 은근히 이무기 놀려댄 거 아니야?"

문 사장이 '그럴 수도 있겠다.'라고 생각하며 혼자 고개를 끄덕대며 수긍했다. 문 사장, 영안이 열려 있는 소영과 준영의 눈에 새하얀 장옷을 걸친 할머니가 내려오는 것이 보였다.
"우리 할머니……, 눈부시다."

소영이 울컥해 눈물을 흘렸다. 왜 갑자기 눈물이 나는지 이유를 몰랐지만 마음이 편안했다.
　굿이 끝날 때 쯤, 준영이 손가락으로 조용히 숲 안쪽을 가리켰다. 그곳에는 커다란 노루가 한 마리 있었다. 야행성인 노루가 이렇게 시끄럽고 사람 많은 곳에 나타나다니.

"영물이야. 저 노루가 산신을 보필하나 보다."

　문 사장이 조용히 말했다. 그때, 도망간 그 노루가 아닌가 싶었다.

'잘 부탁드립니다.'

　문 사장이 조용히 합장을 하고 고개를 숙여 예를 갖추자, 소영과 준영도 눈치껏 따라했다. 이제, 산신이 자리한 이 산에서 독기가 정화되기 시작할 것이고, 문 사장이 원하던 동물들과 살 수 있는 산세가 유지될 것이다.
　문 사장은 올 해, 자신이 가지게 된 것들에게 깊이 감사했다. 윤회라는 욕심을 버리자, 인간의 길이 열렸다. 혼자일 줄 알았던 삶에 소중한 사람들도, 자신이 있을 곳도, 평생의 꿈도 이루어졌다.

이 모든 것이 너무 단기간에 이루어져 댓가로 다음날 저승으로 끌려간다고 해도 괜찮다고 생각했다.

일을 마치고 산도깨비와 복이가 기다리는 한옥으로 돌아왔다. 부엌에 들어가 늘 그렇듯 막걸리와 안주, 복이의 간식을 챙겨 소반에 올린 후, 미닫이문을 열고 방안으로 들어갔다. 잠시 뒤, 배달음식을 챙겨든 소영과 준영도 방안으로 들어왔다.

"산 님, 기쁜 날! 한 잔 하셔야죠."

문 사장의 말에 상석 방석에 앉아 복이를 쓰다듬던 산도깨비가 호탕하게 웃었다.

"고생했다. 문가야. 빌어 태어난 너에게 이런 날이 오는구나! 그동안 정말… 고생 많았다……. 허허."

말꼬리를 늘인 산도깨비의 말에서 대견함과 안쓰러움이 느껴져, 문 사장은 살짝 코가 시렸지만 "킁" 하고 코를 한번 들이키고 웃었다.

"고맙습니다! 자, 복이도 간식 먹자! 오늘 혼자
심심했지? 산 독기가 좀 가시면 데리고 갈게.
아직은 너같이 어린 강아지한테는 위험해."
"네, 사장님! 할머니 보고 싶어요."
"그래, 나중에 할머니한테 가자."

"일단 먹자!"라는 문 사장의 말에 제각각 할 말을 해대며 늦은 저녁이 시작되었다. 막걸리를 손에 든 문 사장이, 고개를 들어 방안을 둘러봤다. 왁자지껄한 분위기. 불과 몇 달 전의 삭막함이 아주 먼 옛날처럼 느껴졌다. 얼마 전 성당에 갔을 때 박 신부가 했던 말을 떠올랐다.

네가 무슨 일을 해도 나는 너의 가족이란다. 네가 종교가 필요해서 이곳에 오는 것이 아니란 것은, 네가 어릴 때부터 알고 있었지. 이건 이미 말했으니 너도 알지? 사람들 속에서 존재감 없이도 섞일 수 있는 곳이, 너에게는 자란 이곳이라는 것을 잘 알고 있단다. 넌 아니라고 하지만 외로움을 많이 타던 아이였어. 널 가만히 들여다보다 보면 알 수 있었지. 이제는 인정하지? 허허.

사람이란 다 제 자리가 있다는 것을. 이제 너도 알지? 그곳이 한곳이 아니라 여러 곳이 될 수도 있단다. 이곳도 마찬가지야. 네가 있어도 되는 곳이란다.

앞으로 너는 계속 너의 자리가 생길 테니 겁내지 말고 받아들이면 된단다. 내가 어떻게 아냐고? 허허, 예끼 욘석아! 이 나이가 되면 다 보인단다. 허허허.

그저 네가 피하고 겁내지만 않으면 네가 서 있는 곳이 다 네 자리란다.

문 사장은 그 뜻을 잘 이해했다. 시원하게 막걸리 한 사발을 비우고 있는 산도깨비를 향해 문 사장이 물었다.

"산 님. 이 산도깨비터…… 제가 있어도 되는 곳 맞죠?"

붉은 얼굴의 산도깨비가 껄껄 웃으며 대답했다.

"이 집, 네 명의 아니냐! 인간법으로 따지면 내가 너의 집에 하숙하는 게지. 껄껄껄. 나도 물으마, 나는 이곳에 있어도 되는 존재인 게냐?"

문 사장이 씩 웃으면서 새 막걸리의 뚜껑을 땄다.
"당연하지요!"

산도깨비 터의 아주 예쁜 앤티크 숍.
THE MOON.

앤티크 숍 더 문 2
흉산의 주인

초판 1쇄 인쇄 2024년 10월 20일
초판 1쇄 발행 2024년 11월 11일

글   선우

발행인 윤혜영
기 획 구낙회
편 집 서구름
표 지 VinK
마케팅 김대현

펴낸곳 로앤오더
주 소 (우)04778 서울시 성동구 왕십리로 8길, 21-1 2층 201호
전 화 02-6332-1103 | **팩 스** 02-6332-1104
이메일 lawnorder21@naver.com
블로그 blog.naver.com/lawnorder21
인스타 @dalflowers
ISBN 979-11-6267-448-2

달꽃°은 로앤오더의 출판 브랜드입니다.

파본은 본사에서 교환해 드립니다.
이 책은 저작권법에 따라 보호받는 저작물이므로 무단복제를 금지하며
이 책 내용의 전부 또는 일부를 이용하려면 반드시 저작권자와
로앤오더의 서면 동의를 받아야 합니다.

ⓒ 이 책에서 사용된 서체는 KoPub바탕체, KoPub돋움체, 한마음명조체, 경기천년제목체, Grandiflora one체, MBC1961굴림체를 사용하였습니다.